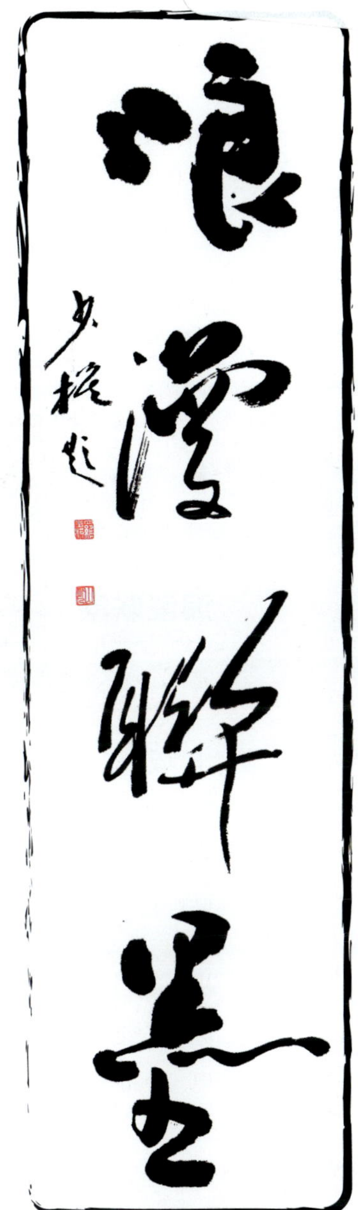

中国文联出版社
http://www.clapnet.cn

图书在版编目（CIP）数据

浪漫联墨 / 罗少模著 . -- 北京 : 中国文联出版社，2016.12

ISBN 978-7-5190-2406-2

Ⅰ . ①浪… Ⅱ . ①罗… Ⅲ . ①对联－作品集－中国－当代②汉字－法书－作品集－中国－现代 Ⅳ . ① I269.7 ② J292.28

中国版本图书馆 CIP 数据核字 (2016) 第 321151 号

浪漫联墨

著　　者：罗少模

出 版 人：朱　庆
终 审 人：奚耀华　　复 审 人：邓友女
责任编辑：阴奕璇　　责任校对：傅泉则
装帧设计：罗少模　　责任印制：陈　晨

出版发行：中国文联出版社
地　　址：北京市朝阳区农展馆南里 10 号，100125
电　　话：010-85923075（咨询）85923000（编务）85923020（邮购）
传　　真：010-85923000（总编室），010-85923020（发行部）
网　　址：http://www.clapnet.cn　　http://www.claplus.cn
E-mail：clap@clapnet.cn　　yinyx@clapnet.cn

印　　刷：中煤（北京）印务有限公司
装　　订：中煤（北京）印务有限公司
法律顾问：北京天驰君泰律师事务所徐波律师
本书如有破损、缺页、装订错误，请与本社联系调换

开　　本：710 × 1000　　1/16
字　　数：150 千字　　印　　张：4
版　　次：2016 年 12 月第 1 版　　印　　次：2016 年 12 月第 1 次印刷
书　　号：ISBN 978-7-5190-2406-2
定　　价：36.00 元

少模藝術
錢君匋年九十題

自　序

新时代的书法虽然失去了旧时考场竞夺，信息往来和文书必用的功能。随着其用途的改变，自然书写，众手把玩有望将书法推向纯艺术的新未来。

楹联城乡普及，老少皆知，创作上不仅有宽窄可寻，正拗可选，就连平仄四声都有新老自由，加上它广阔的适用性，无疑是展示书法艺术的重要舞台。

吾乃一介草根，自小乐于山水，父母赐名“少模”早早地匡定了一生独断放任，少以为模的性格，小爱弄墨却疏于法典，只道汉字是书法本源，艺术当随灵性，故而数十年自以为是，一意孤行，棍、棒、刷、帚皆曾作笔，滩、坝、路、床尽以为纸，每逢闲空总会写于兴去，玩至力穷，对于那字外形体全凭我爱，字中道法则尽随自然。习联也是如此，奇趣大气，简约易懂，顺口顺韵，谐合时宜即为所重，题材取用亦是见啥写啥，手随心走。

在农村、工厂、军队、警营、旅游、文物行当转了一圈，出来已是古稀了，猛然想到该留点什么？这才鼓足勇气，选一路所习之闲散短句，试着去那联墨池边浪漫一回，虽为粗文淡墨，却是实意真情，若论其中技艺，唯仅溜溜四句“法无定法道理深，技呈自我即为真，艺海从来莫边际，何须脚后效人行”以了之。

罗少模

2016 年 8 月

汉字繁简凭人爱
楹联宽狭任我玩

为本书开篇而作，宽狭——楹联对仗上的宽松与严格。

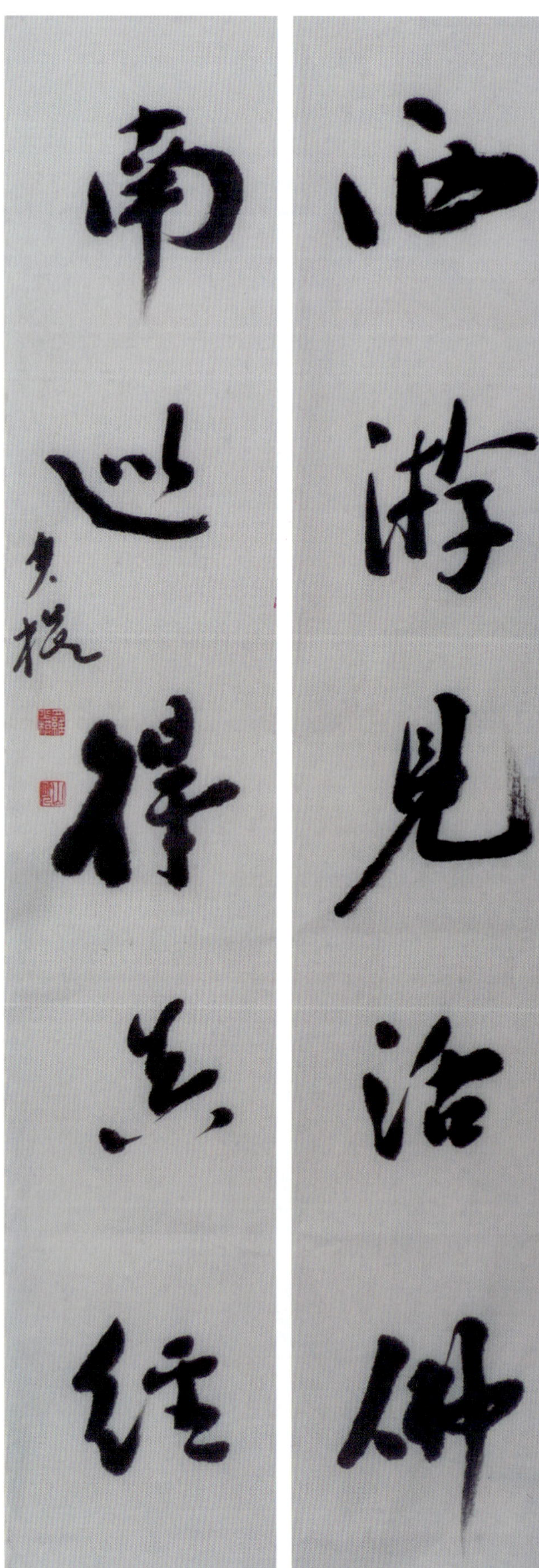

西游见活佛
南巡得真经

一九九八年撰，曾获由中国书协中央国家机关分会主办的『中国改革20年全国书法大赛』优秀奖（本赛的唯一奖项）。

改革千社富

移动全球通

『我与移动的故事』全国征文大赛二等奖。

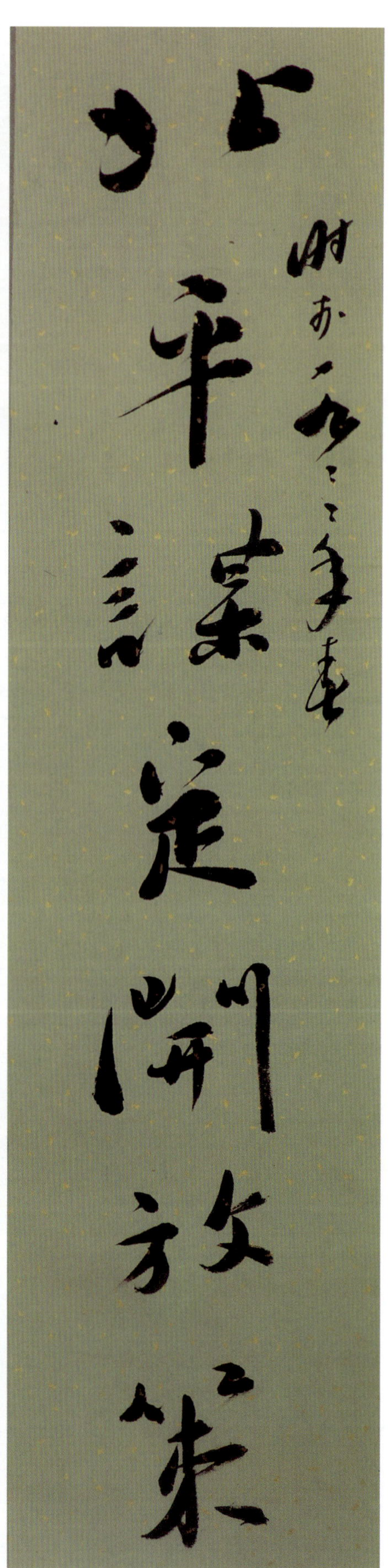

北平谋定开放策

南国甄取改革经

一九九九年作，纪念抗战胜利70周年纪念邮票选用。

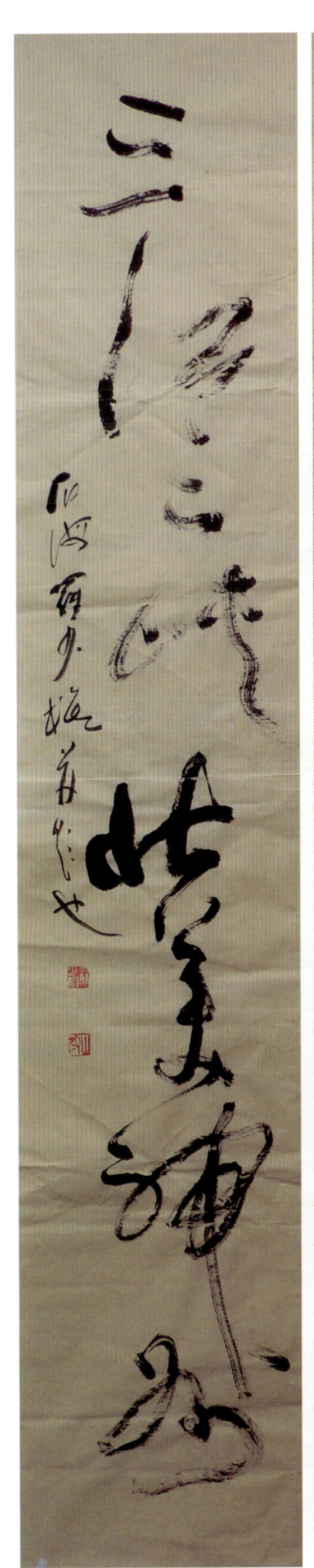

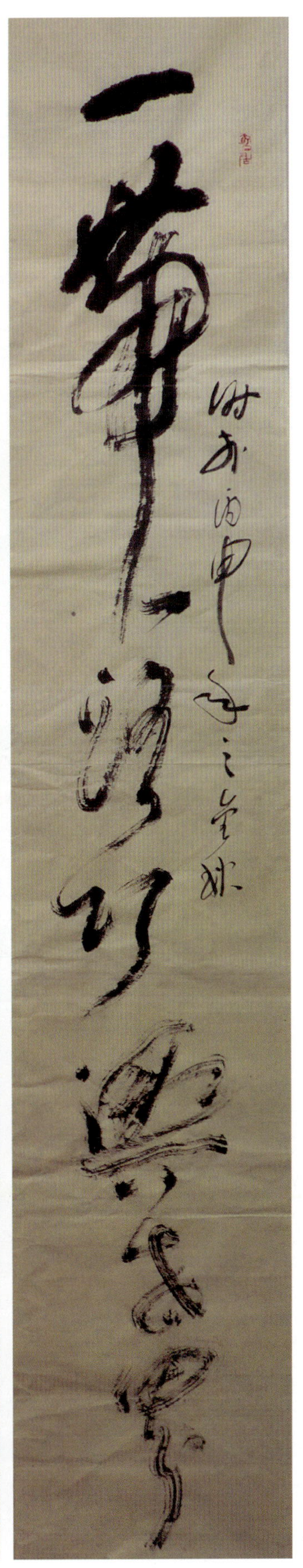

一带一路巧兴世界

三江三峡壮美神州

为『长江颂』国际书画收藏大展作。

南昌八一军基奠

北平四九国运开

二零零七年获由八一纪念馆和南昌市文联联合主办的『八一杯』文学艺术大奖赛『联墨双佳』一等奖。

汉字美伴文明盛
中国梦随信仰圆

二零一三年获由四川省社科院和中共四川省委党史研究室联合主办的『长征杯』纪念毛泽东诞辰120周年书画展三等奖。

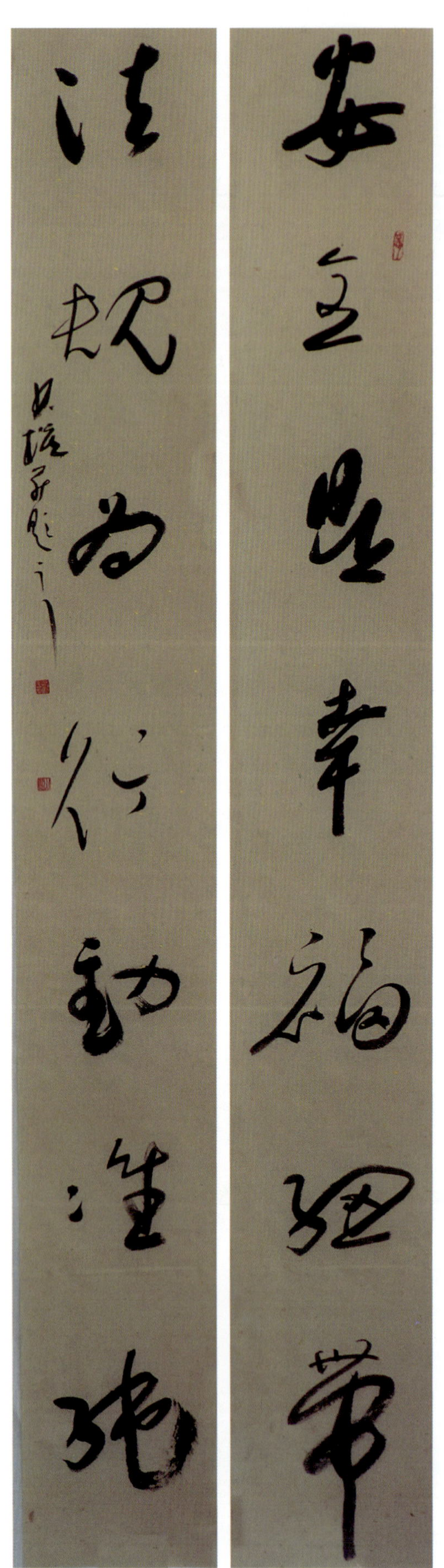

安全是幸福纽带
法规为行动准绳

二零一一年获由山西省政府主办的『全国安全文化书画展』优秀奖。

安全行驶慢中见快

细致养护旧里藏新

一九九一年九月一日《中国汽车报》载。

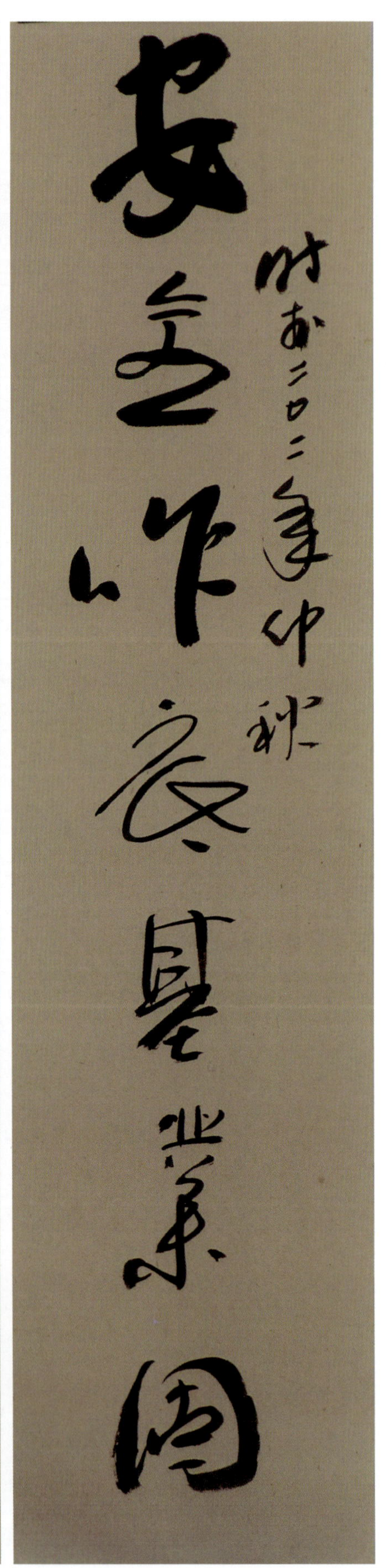

安全作底基业固

法规为路前景宽

二零一一年十二月入展入集由湖南省书协和美协联合主办的『全国安全生产书画展』。

学载五车富
识行万里安

二零一四年为全国最美石林学校『富安小学』题，上下联最后嵌『富安』二字。

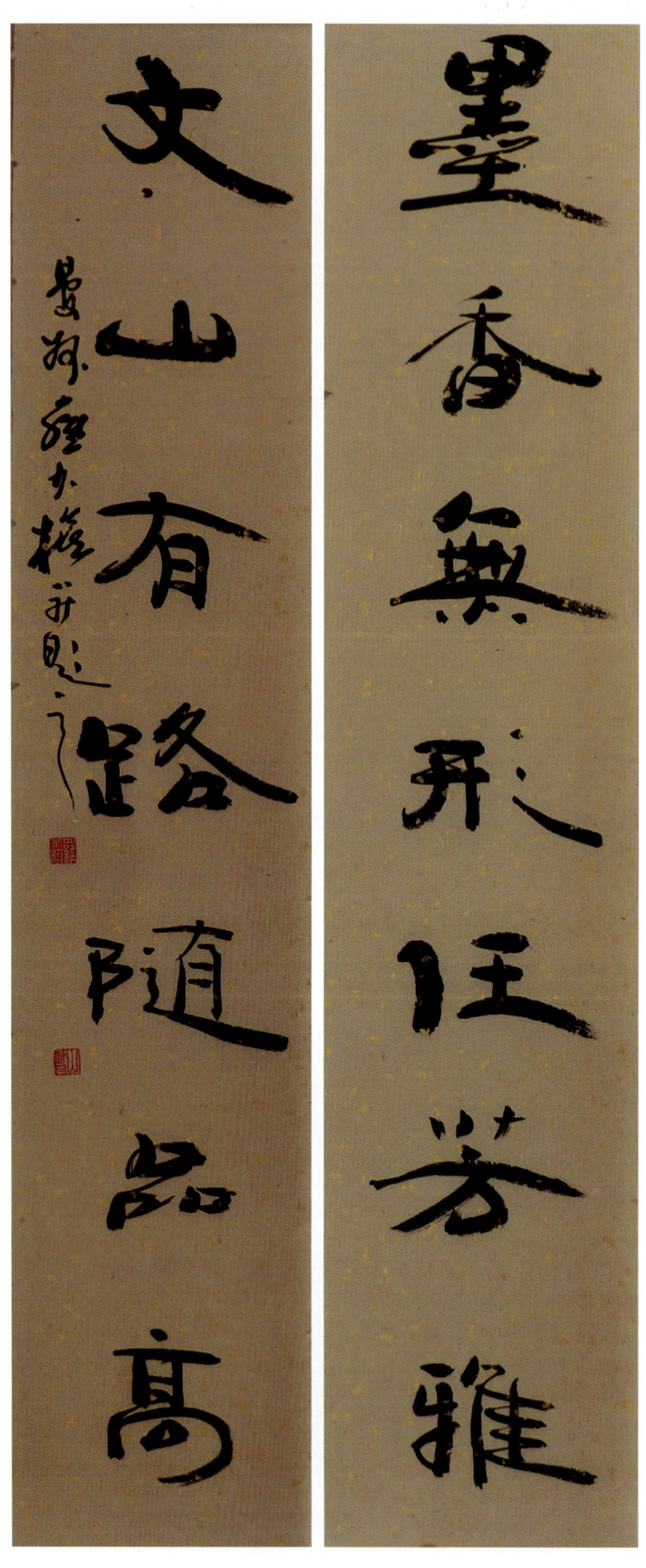

墨香无形任芳雅
文山有路随品高
二零一五年为『香山书院』题，上下联嵌『香山』二字。

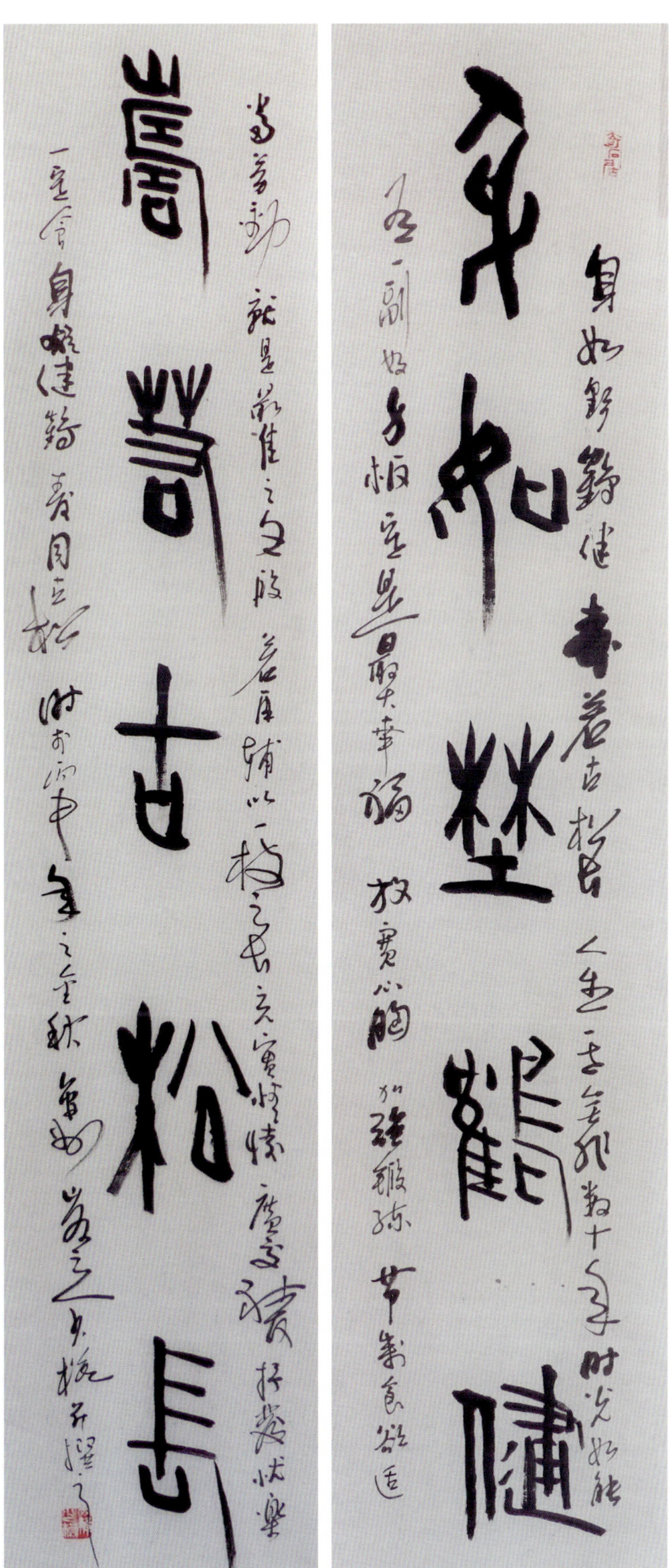

身如野鹤健
寿若古松长

二零零九年六月二十九日《书法报》刊载，入选『第二届中国重阳书画展』。

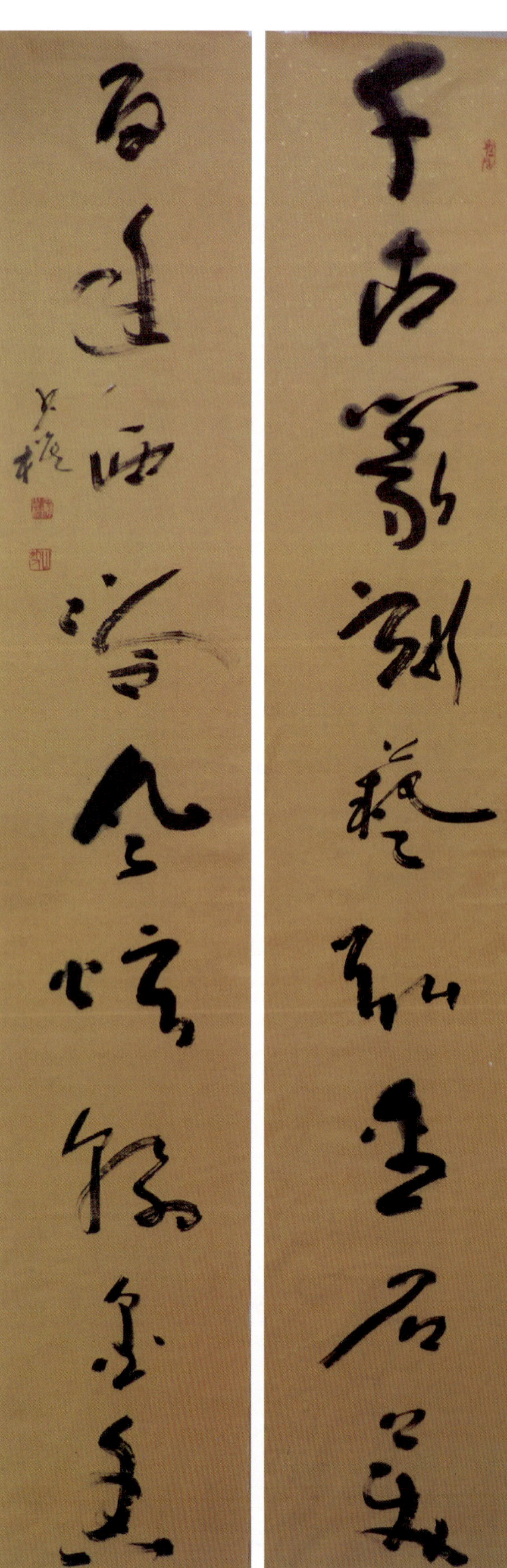

千古篆刻艺弘金石美

百年西泠风炫翰墨香

二零一六年为西泠百年大型文化活动题。

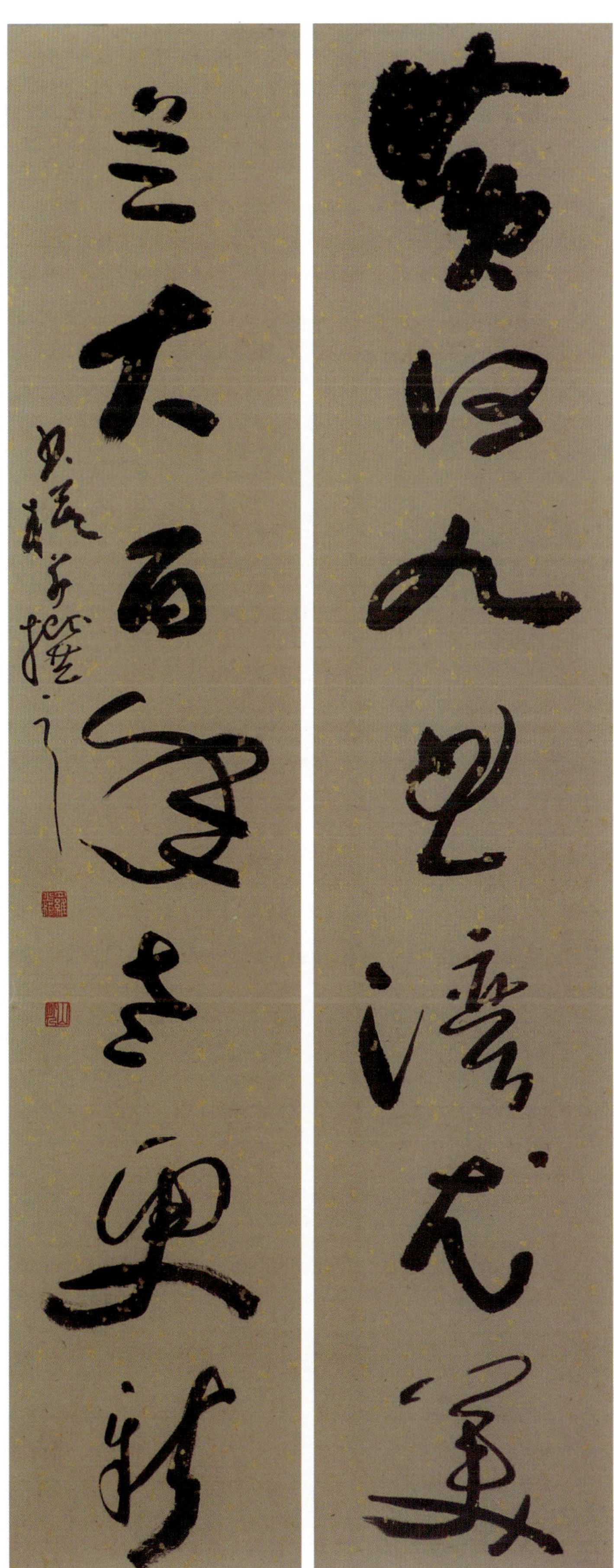

黄河九曲湾尤美
兰大百年老更新

二零零九年七月入选兰州大学百年校庆全国书画展。

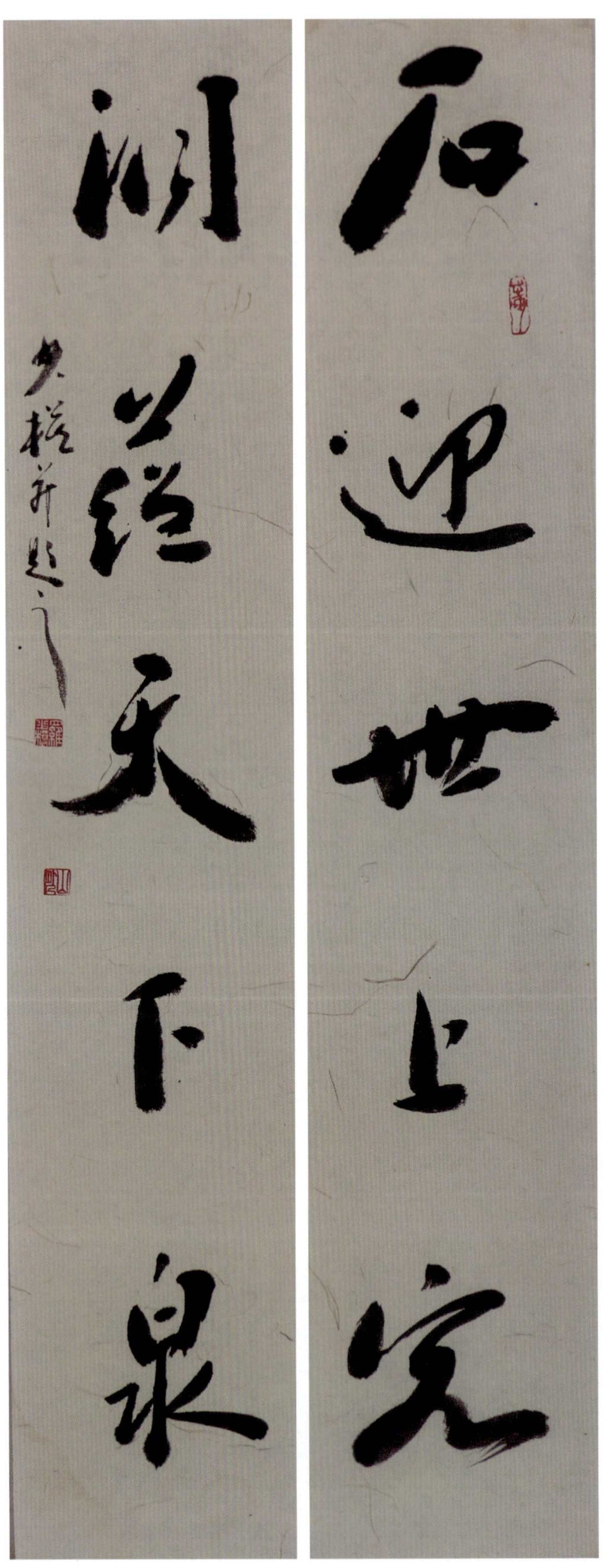

石迎世上客
洞蕴天下泉

一九九一年入选由四川省楹联学会主办的『当代楹联墨迹大赛作品展』。

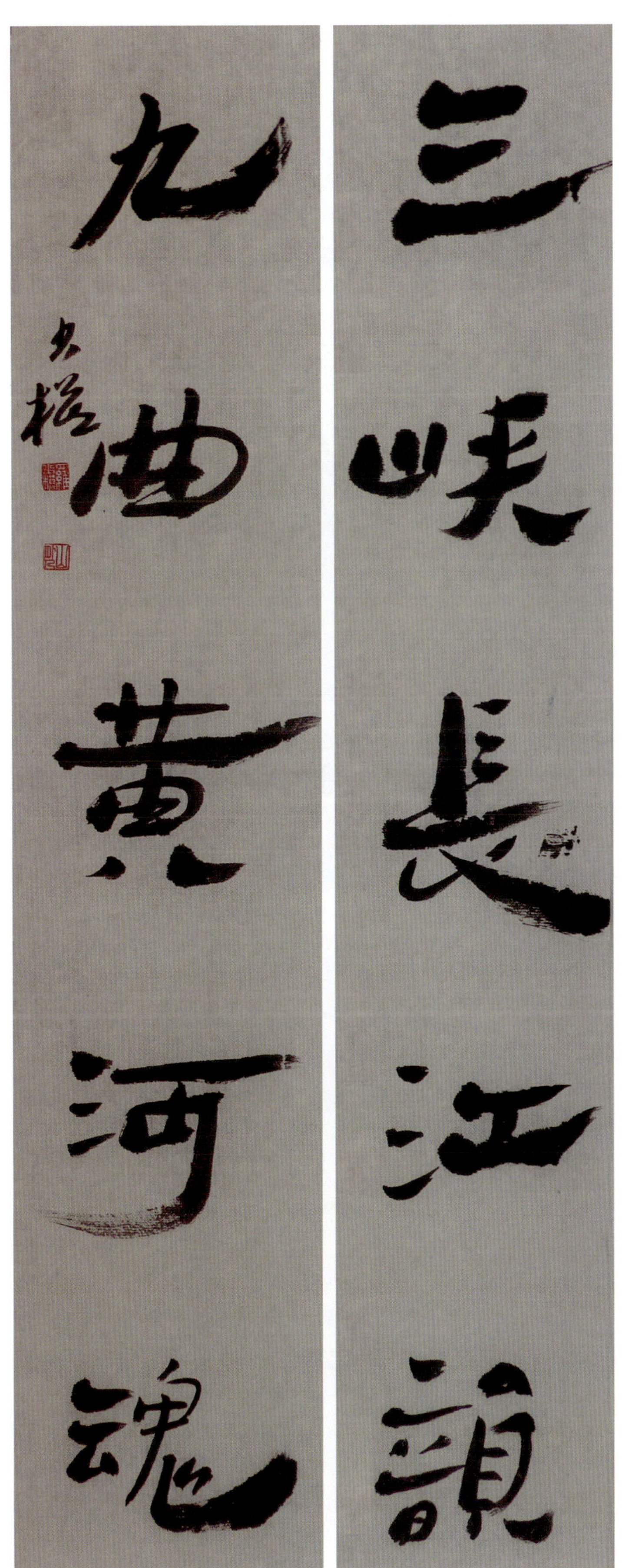

三峡长江韵

九曲黄河魂

二零零一年八月『献给母亲河〈长江魂〉书画艺术大奖赛』优秀奖。

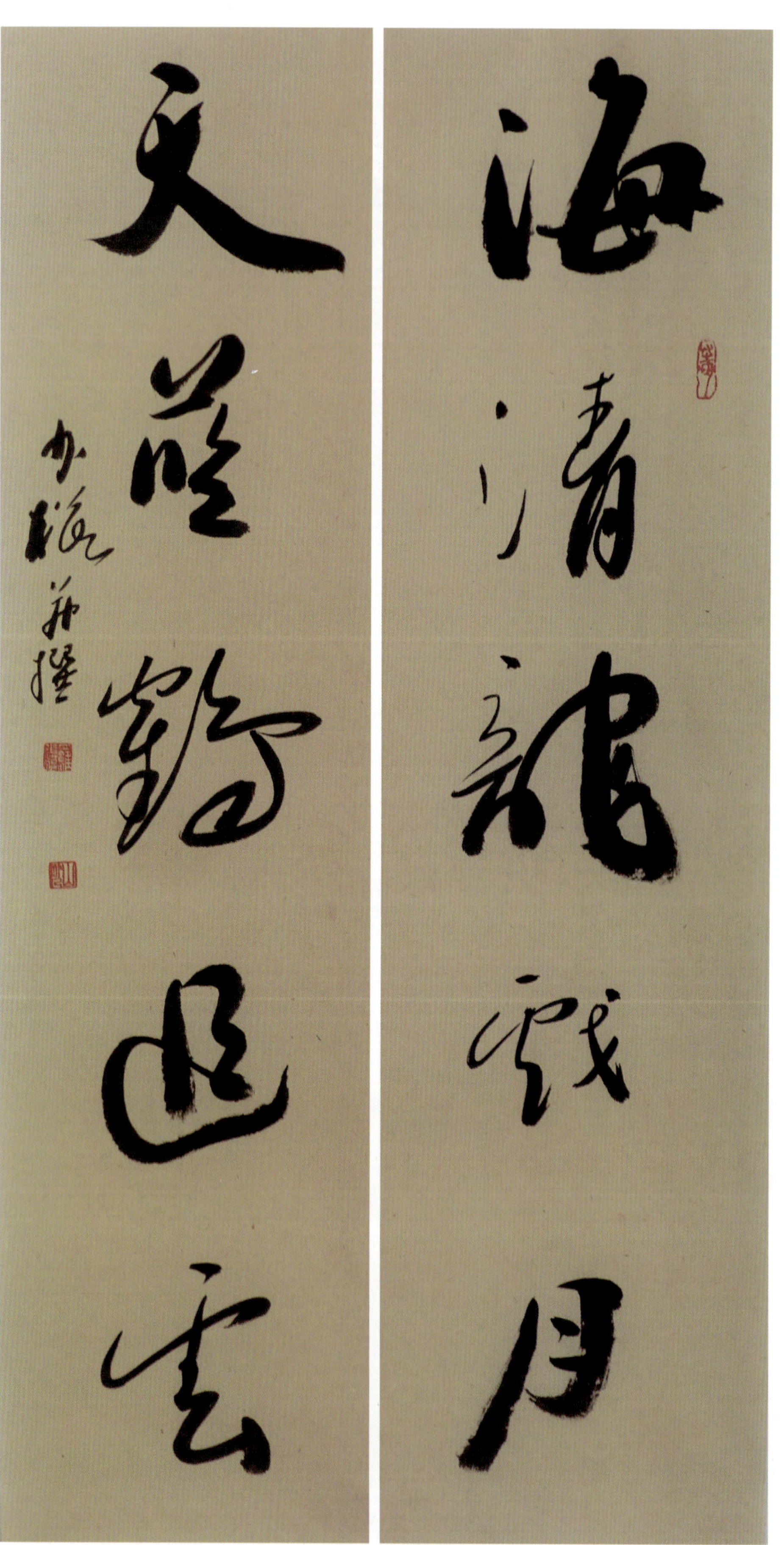

海清龙戏月
天蓝鹤追云
二零一三年《中国当代书画名家作品收藏指南》刊载。

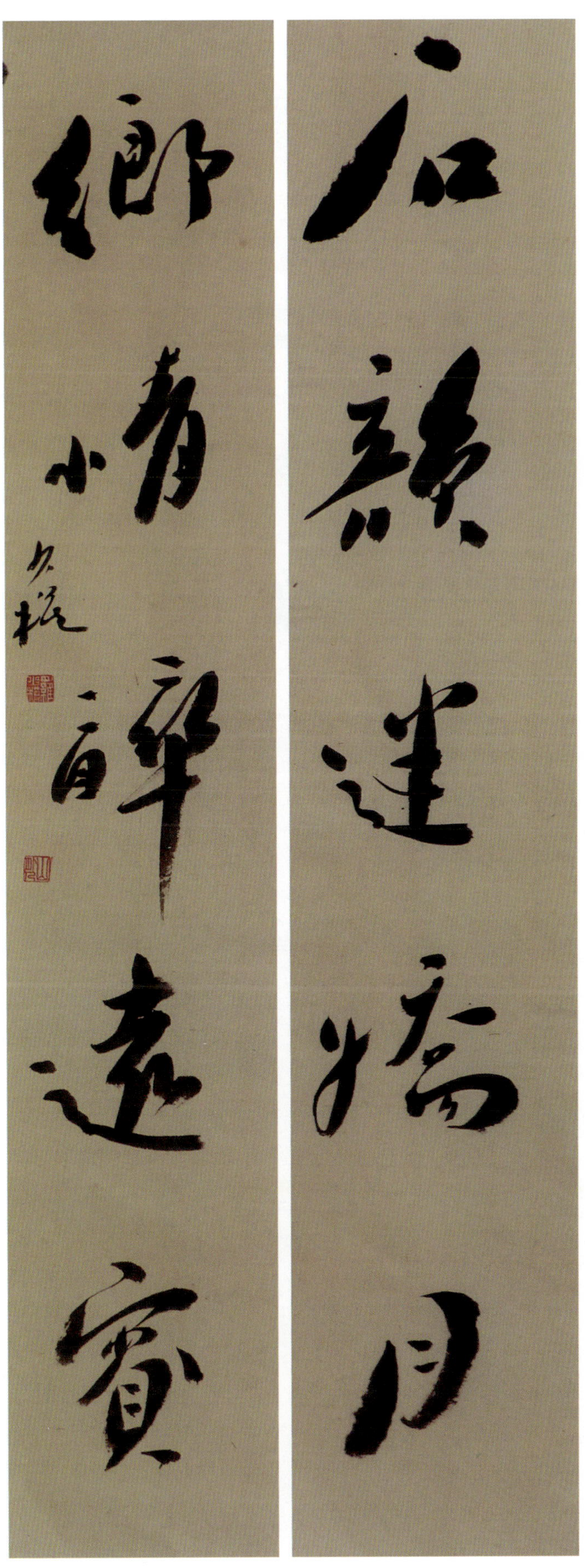

石韵迷娇月

乡情醉远宾

二零一三年入编《中国古今草书十家》。

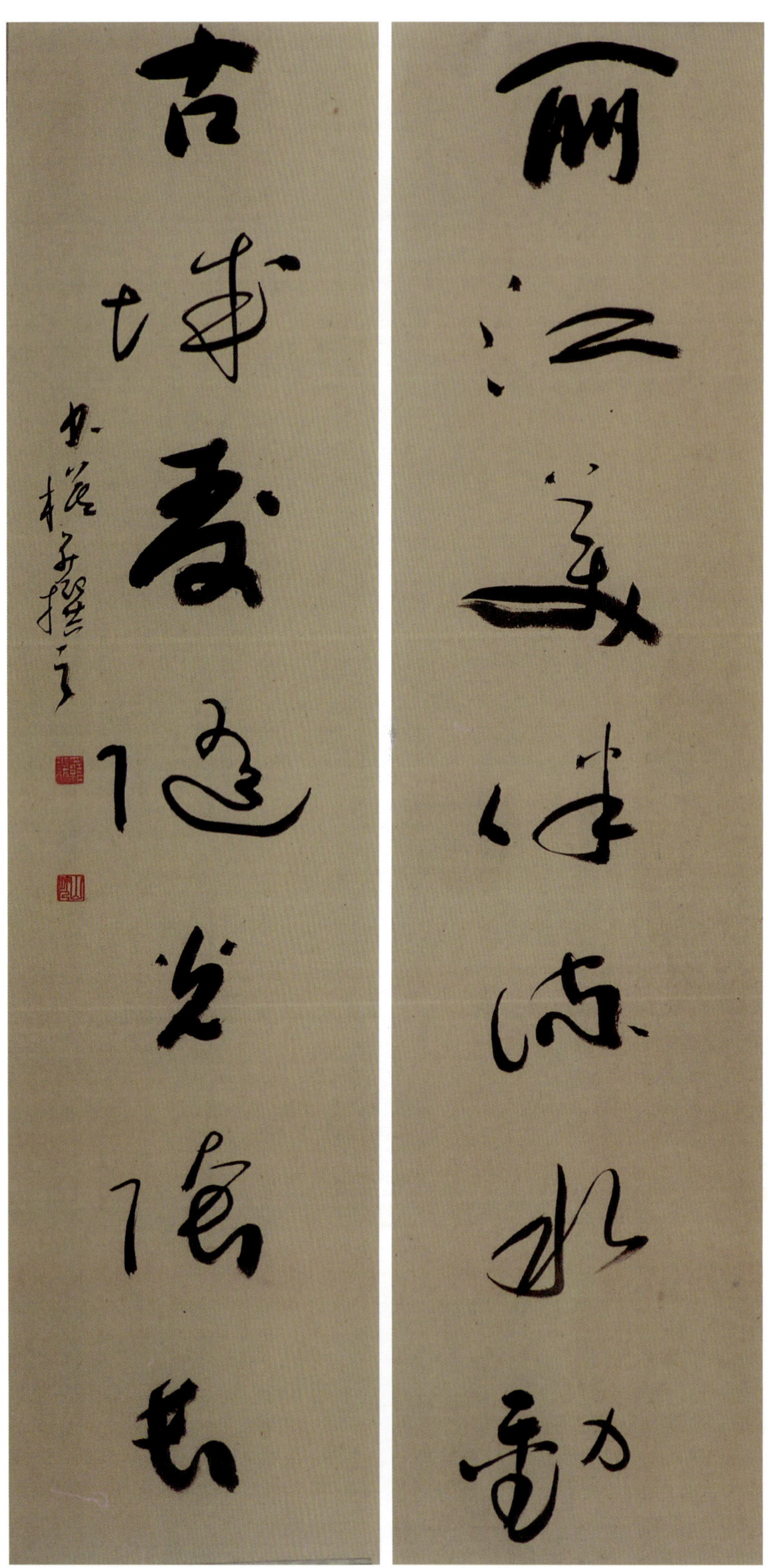

丽江美伴流水动

古城寿随光阴长

二零一五年入选由中国名城委主办的『首届全国书画家写名城』书画展。

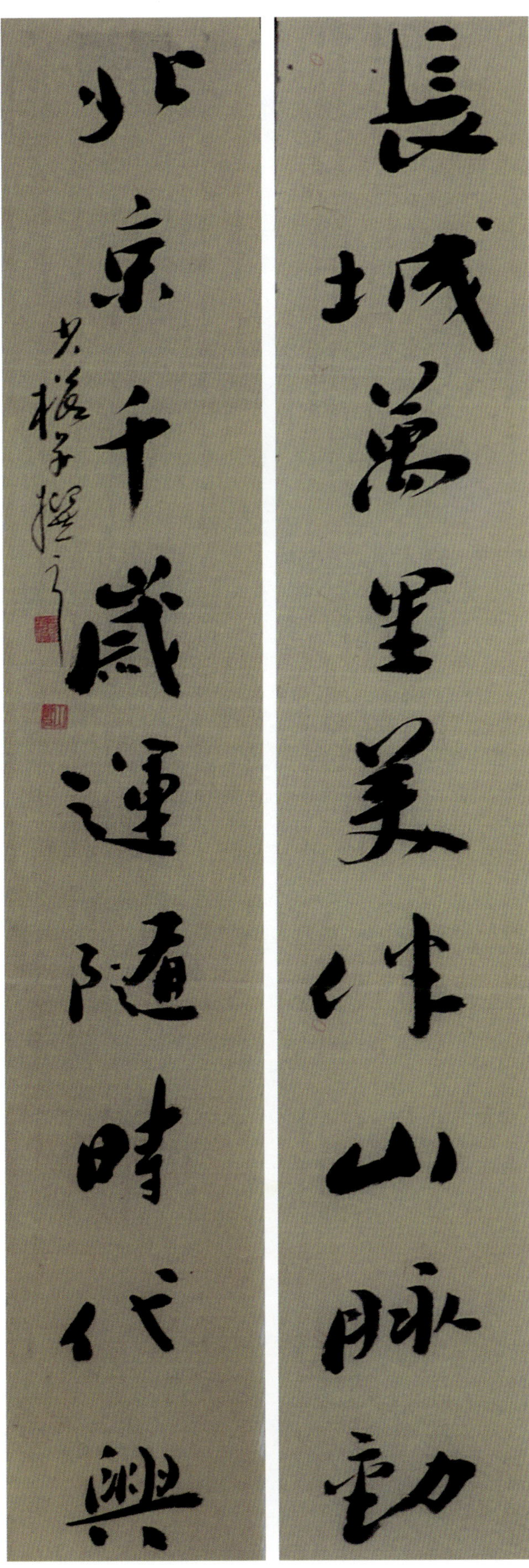

长城万里美伴山脉动

北京千岁运随时代兴

二零一五年入选由中国名城委主办的『首届全国书画家写名城』书画展。

一关锁五道
千柱举半城

为云南盐津县城及豆沙关古镇题，豆沙关是一道千年古关卡，丝绸古道『五尺道』，高铁、普铁、公路、水路重叠通过，堪称奇关。盐津老县城建在河边石壁上，长长的一条独街半边着地半边悬空，悬空的一半由千万根柱子顶起，每逢特大洪水，半城均在摇曳之中。

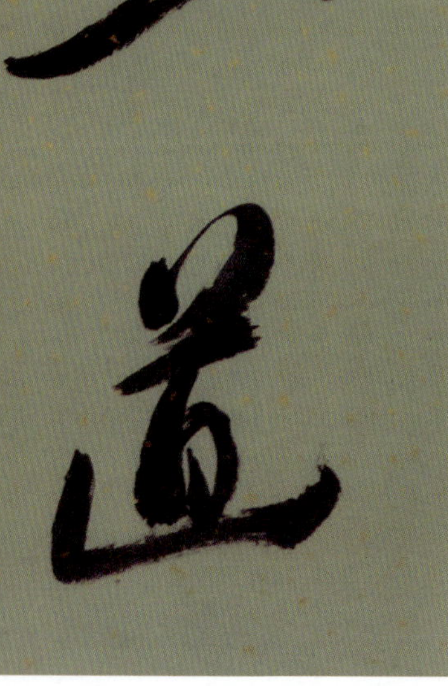

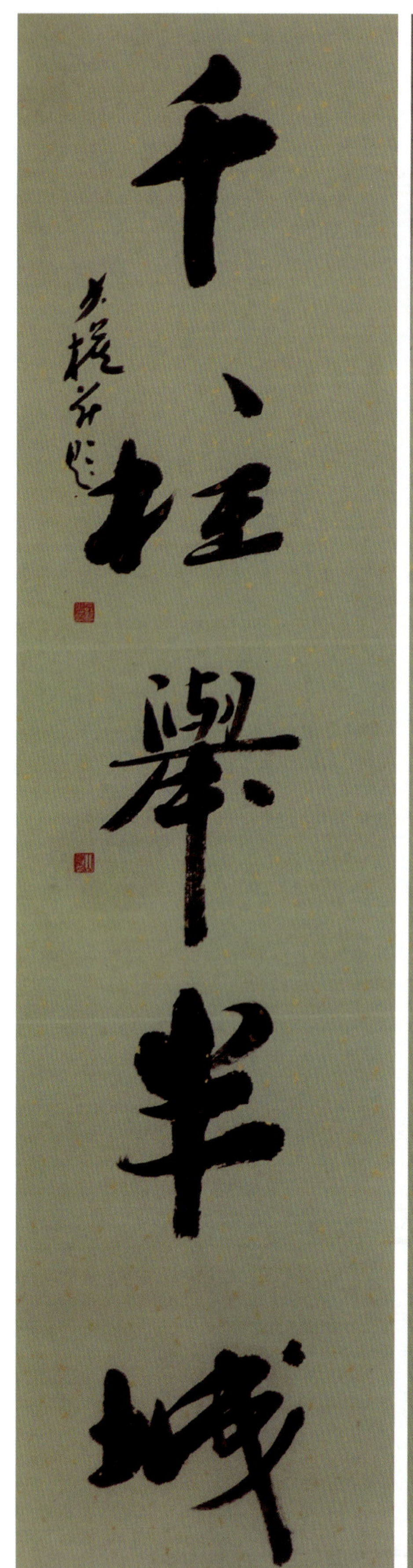

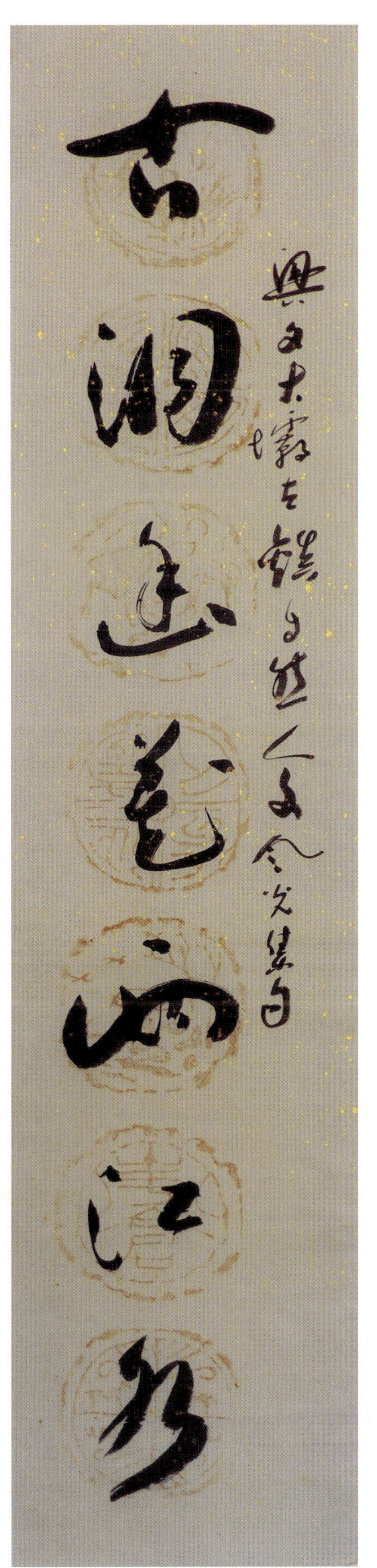

古洞幽藏两江水

高装巧毓一城风

为川南古镇大坝而作，二零一五年《新中国美术编年史》书法卷刊载。大坝两条洞河环绕，堪称水乡。『大坝高装』为国家级文化遗产，古镇文化多由高装孕育而成。

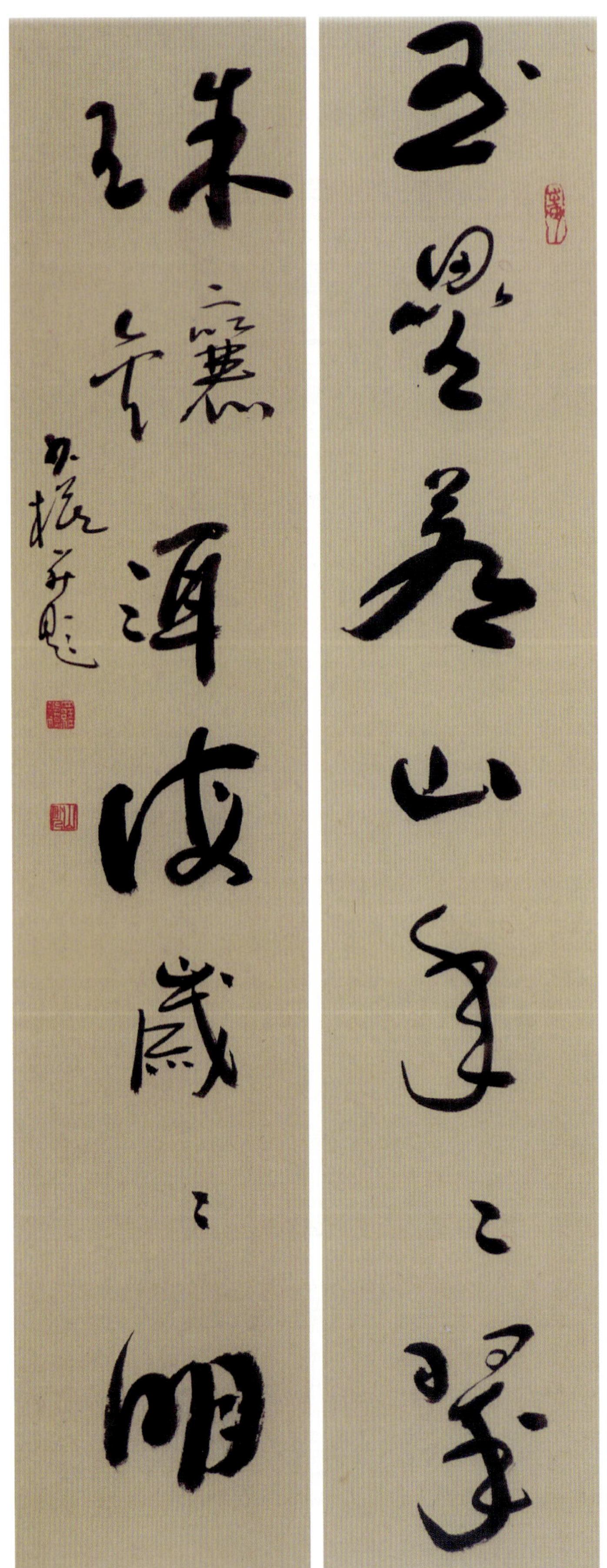

玉墨苍山年年翠
珠镶洱海岁岁明

二零一二年『苍山如海』全国书法大赛优秀奖（云南省文联主办）

立石冲天风摇雾锁游云鹤

横沟凿地水击腾遮走海龙

一九九八年为张家界风景名胜区题。

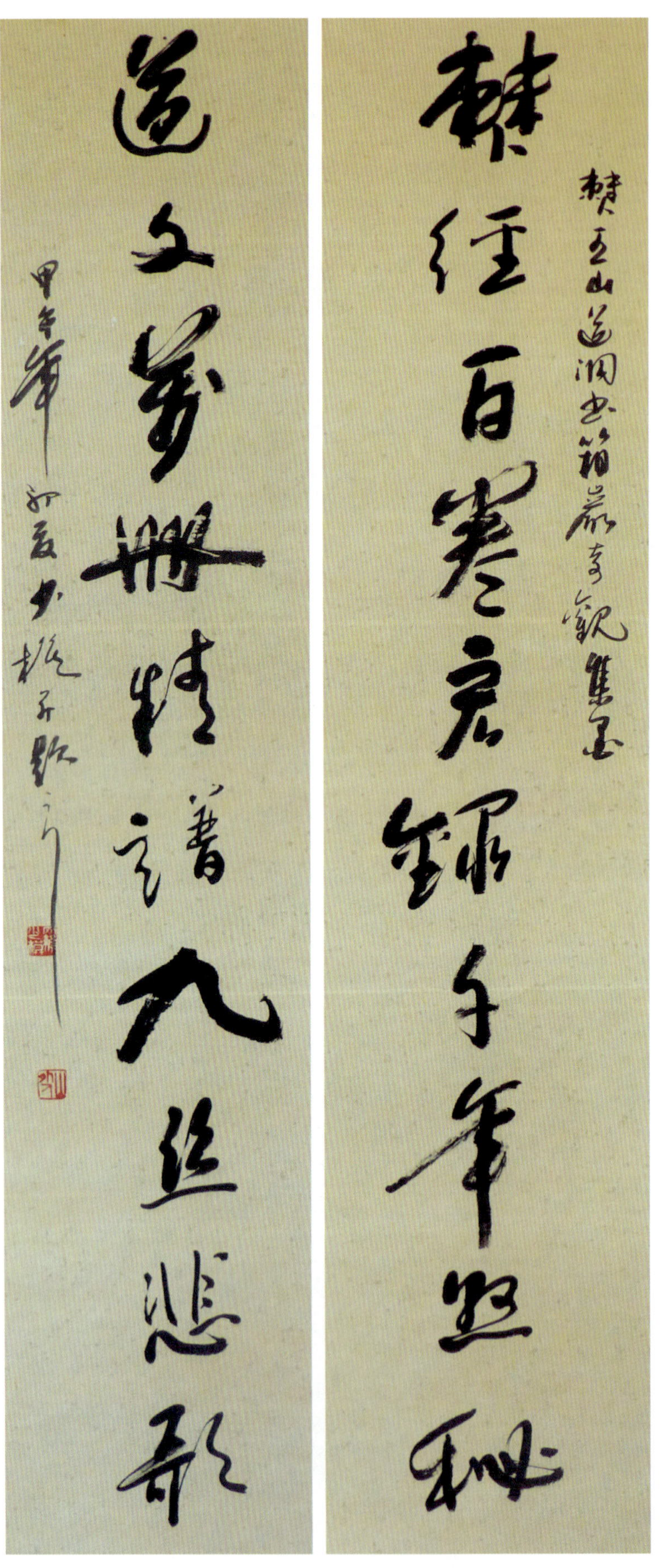

棼经百卷宏绿千年悬秘
道文万册精谱九丝悲歌

二零一三年为世界地质公园兴文石海道洞、书籍岩题，载二零一五年版《石海联咏》。

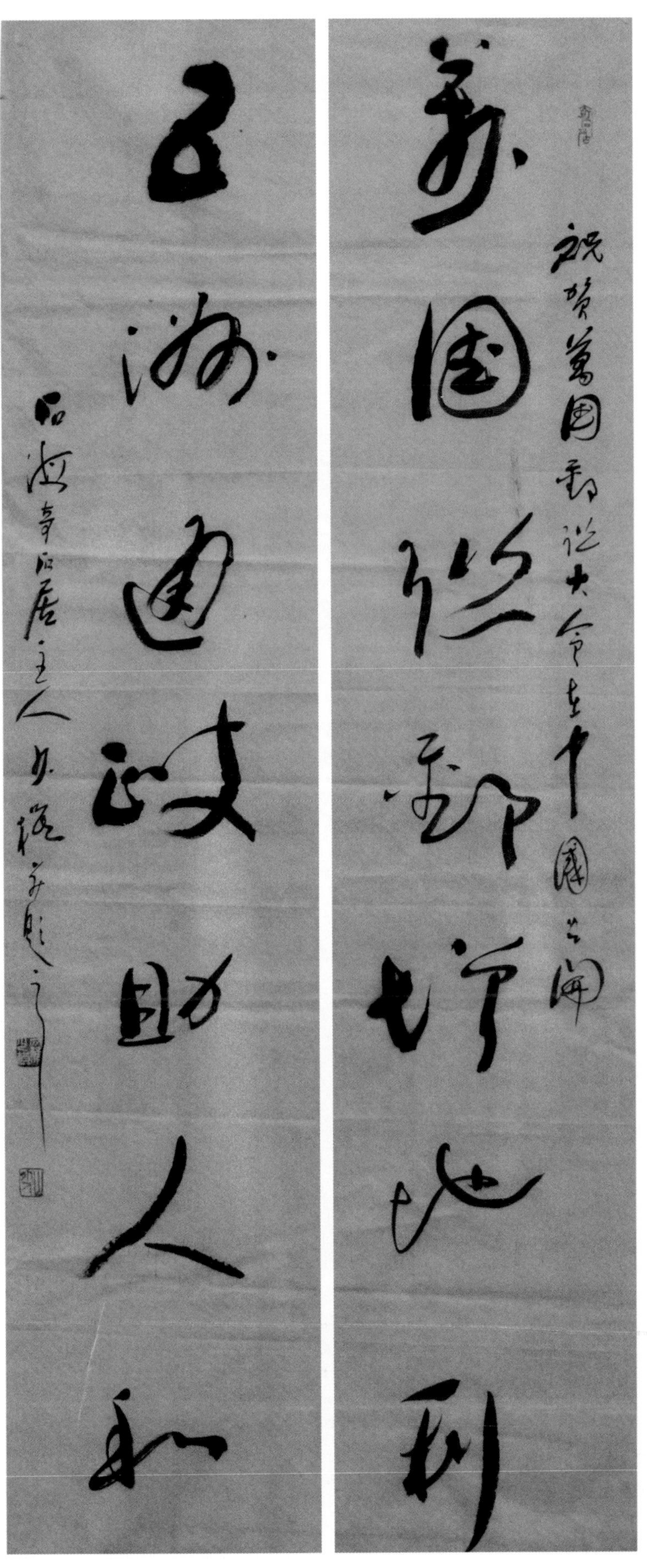

万国联邮增地利
五洲通政助人和

万国邮联大会在中国召开祝贺联，载一九九九年九月四日《四川通信报》。

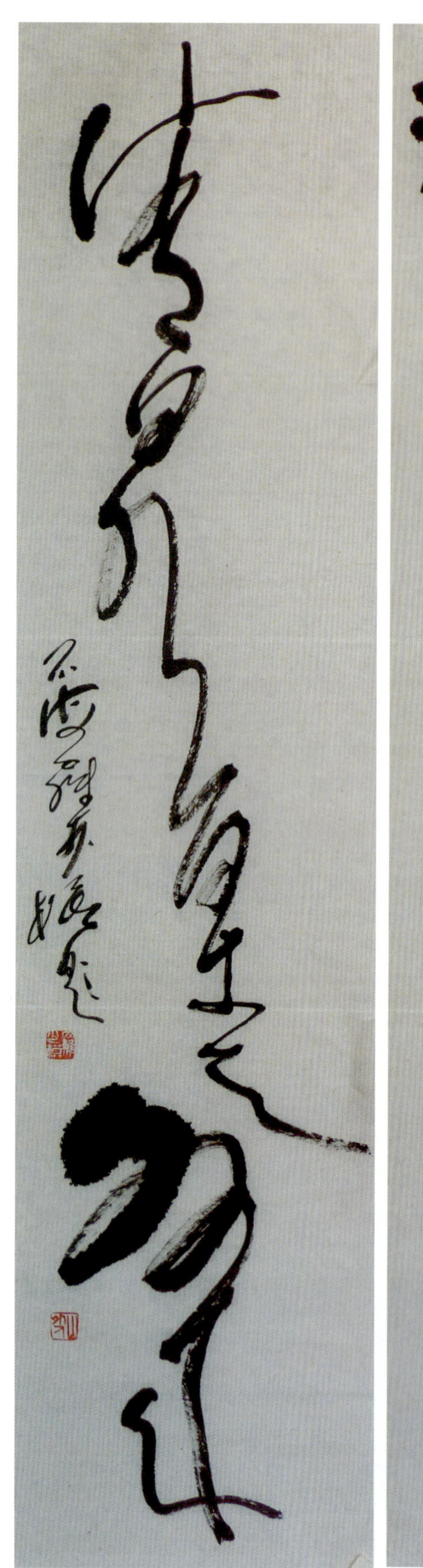

神雾千层洞中起
清泉百丈天外来

二零一二年为世界地质公园兴文石海飞雾洞题，二零一五年入选云、贵、川三省五县书法联展。

三峡长江韵

五粮白酒魂

五粮液被评为全国『白酒大王』时作，原载一九九八年十月三十日《四川日报》。

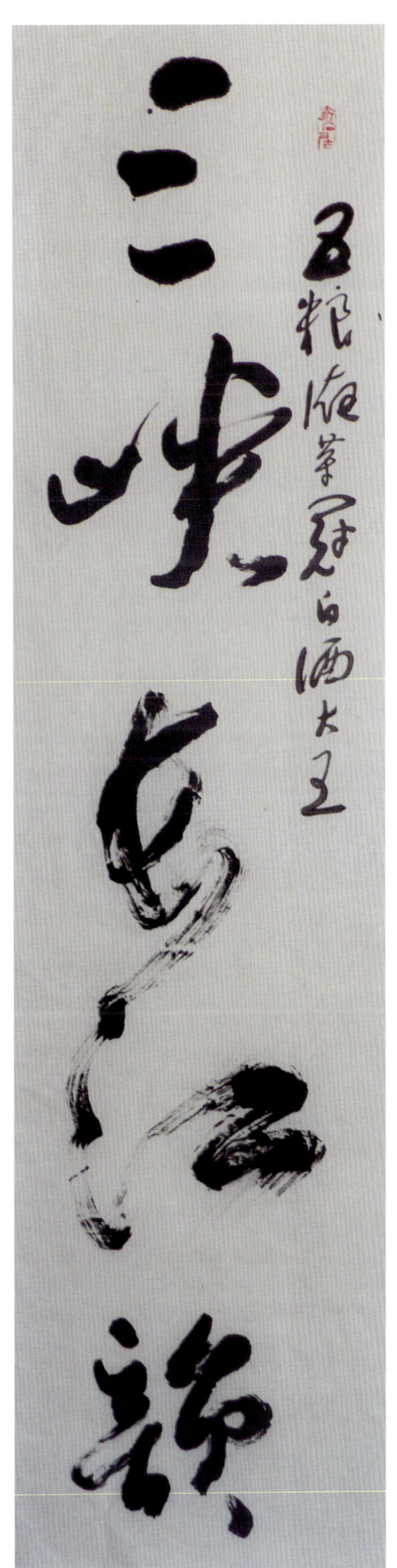

石海夜月满地水
仙峰早霞一天山

为世界地质公园兴文石海题，石海遍地是灰色石头，每当月夜，满地皆如奔腾的海水。仙峰为本地最高峰，清晨炊烟早霞相伴，小山从烟海之上露出，满天都是山头。

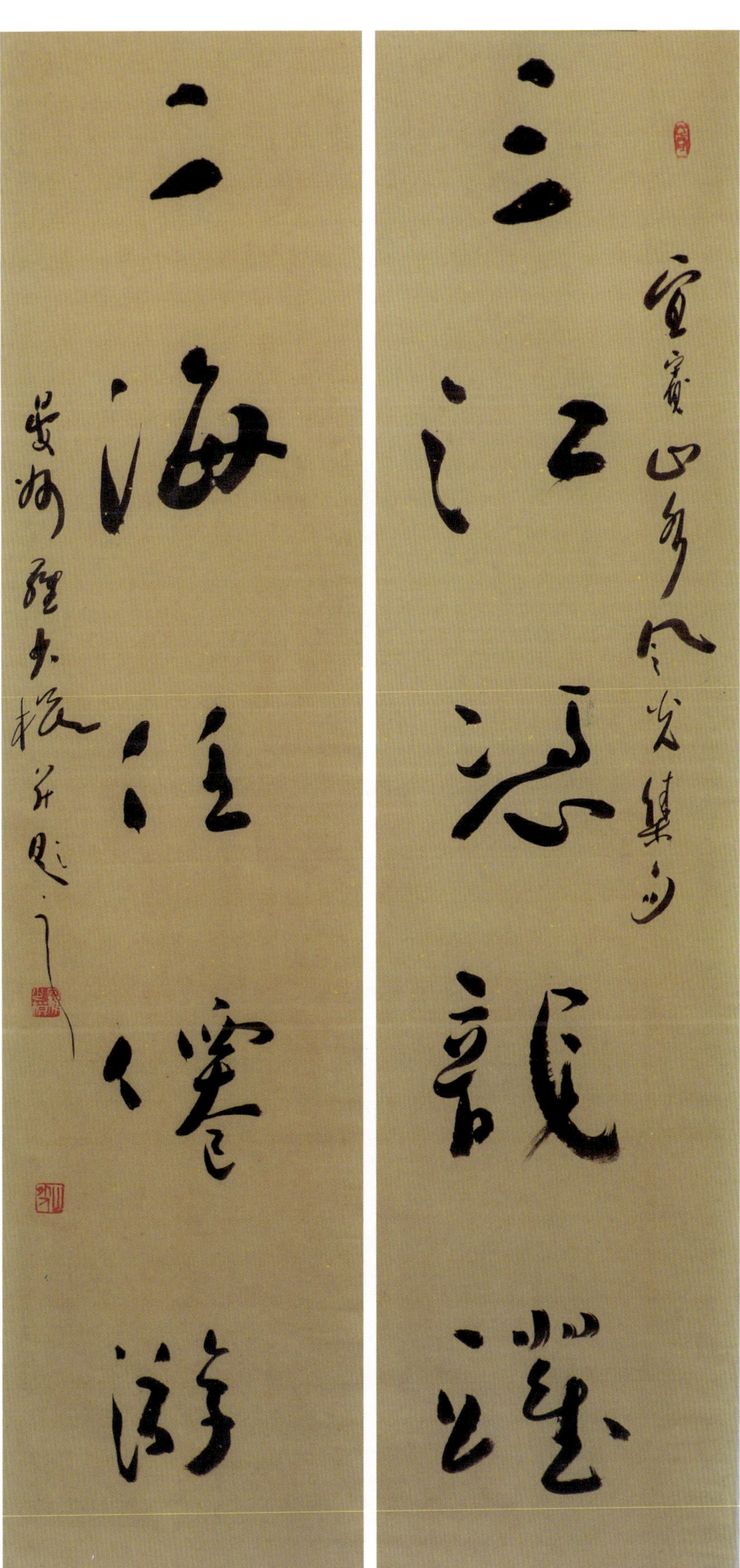

三江凭龙跃
二海任仙游

二零零五年作，三江——宜宾的长江、岷江、金沙江。二海——宜宾境内的石海、竹海两大国家级风景区。二零零六年四月三日《宜宾日报》载。

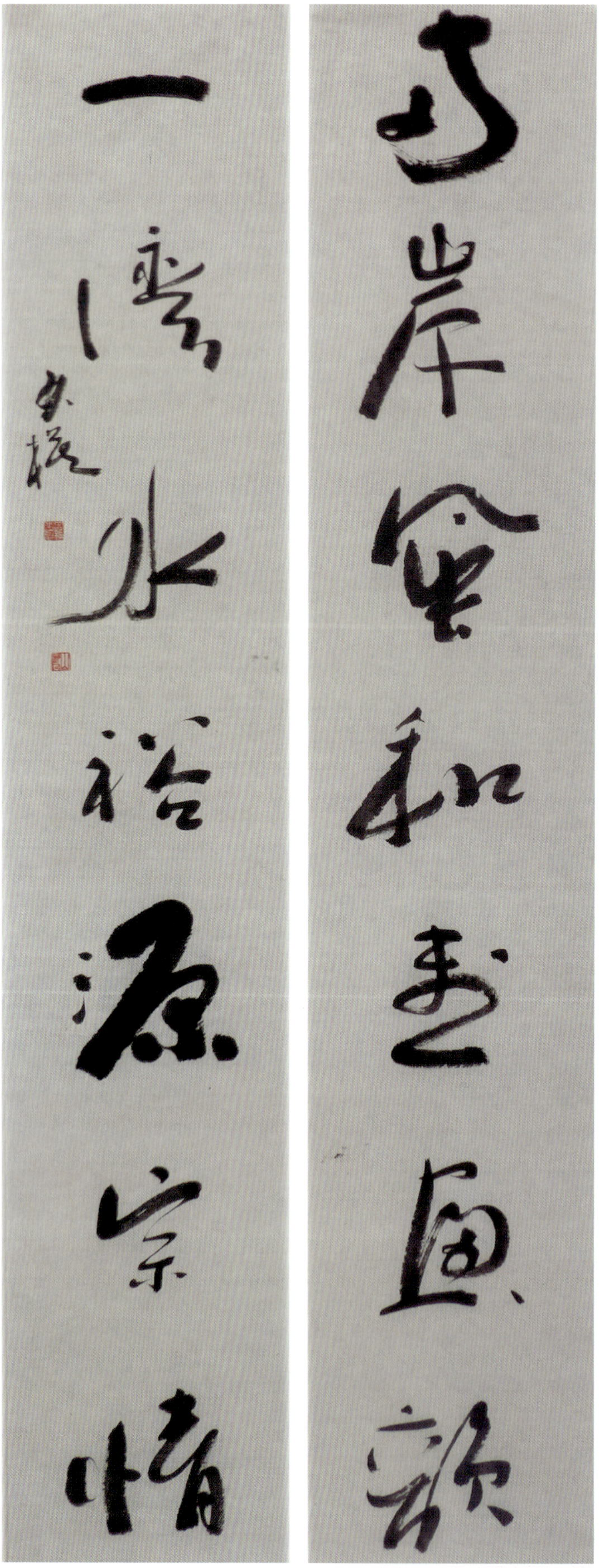

两岸风和书画韵
一湾水裕源宗情

二零零九年获由中国友好和平发展基金会和全国政协港澳台侨委员会联合主办的『和谐中华』海峡两岸书画家交流活动作品展优秀奖。

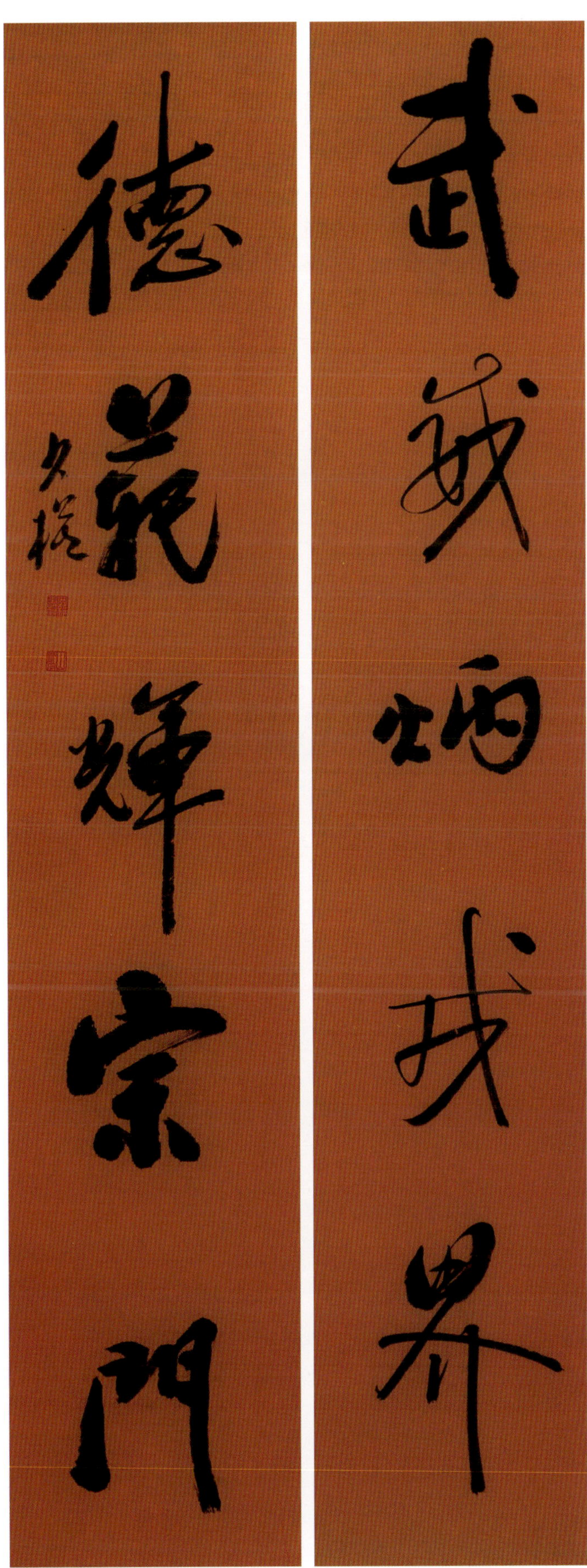

武威炳戎界
德范辉宗门

二零一三年为云南省『罗炳辉将军纪念馆』题，现藏该馆，联中嵌炳辉二字。

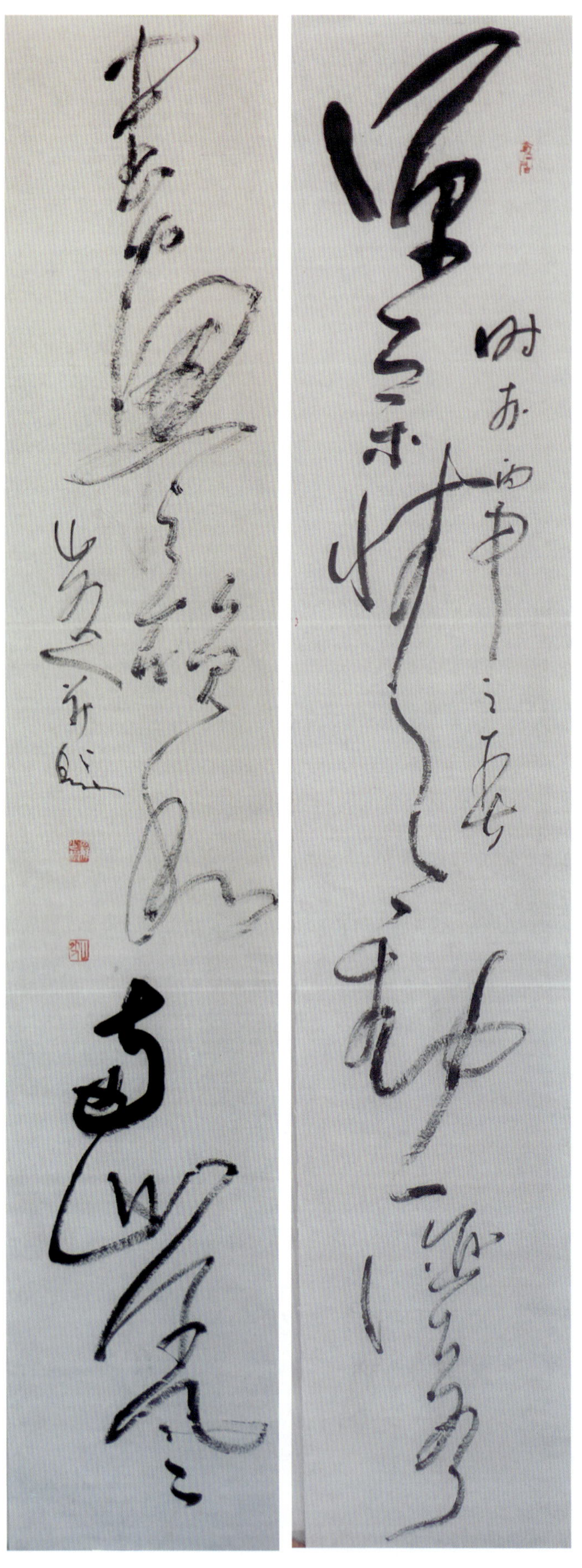

源宗情动一湾水
书画韵和两岸风

二零一六年四月入展入集『海峡两岸书画艺术交流展』台湾展。

泉是天外白水汇

硐非地里石同生

一九九三年为世界地质公园兴文石海天泉洞题，原载《凌霄文翠》，上下联白水、石同拆合使用。硐非——与众不同。

朱公题诗香山崇集墨

僰王偃武石海厚修文

川南名胜香水山自古闻名，朱德同志一九一六年在此题诗以后，这里更加重视文化，人文景色更美了。明代万历元年，兴文九丝山僰人被灭后，建武更名为兴文，『偃武修文』有了现在的兴文县，本联刊载于二零一五年版《石海联咏》。

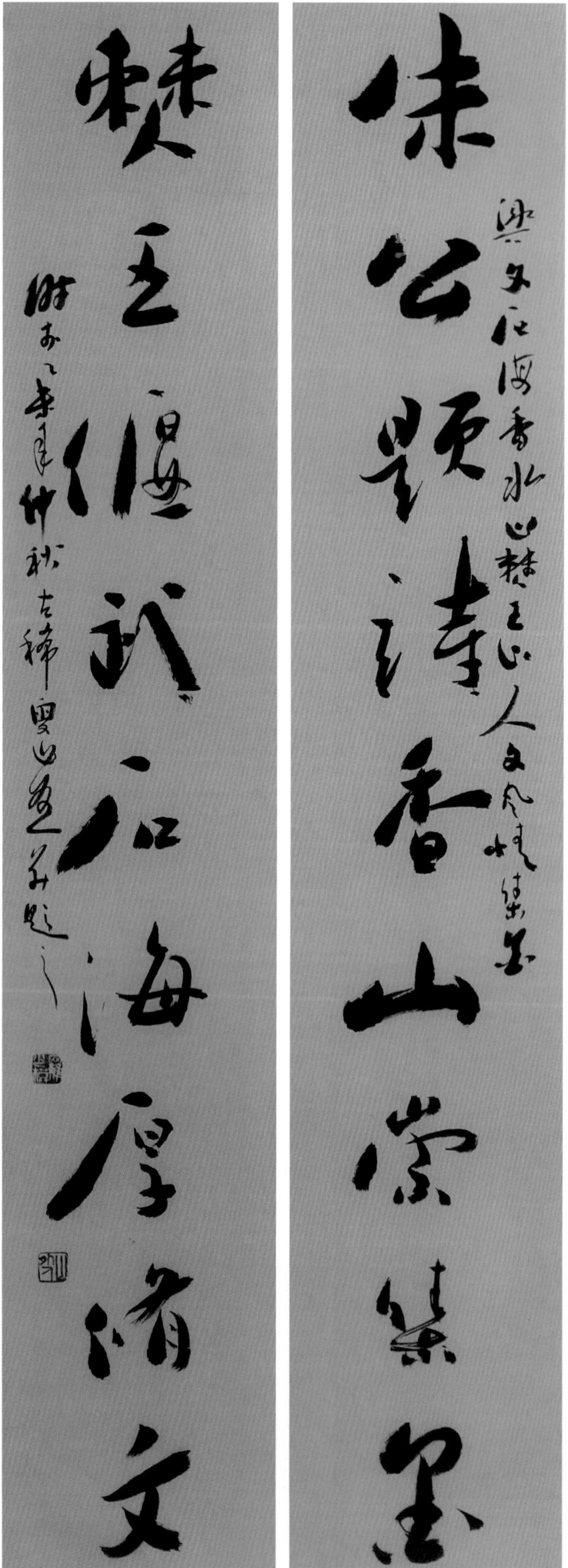

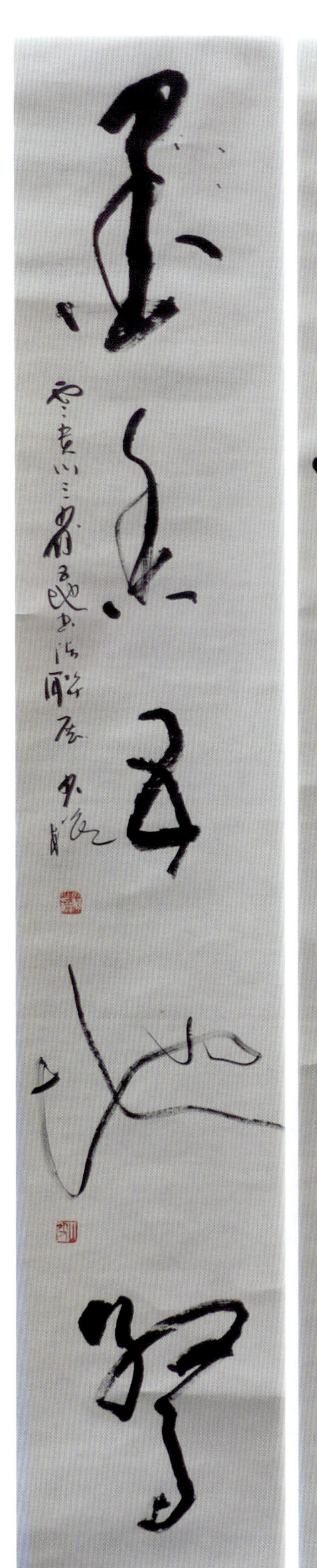

鸡鸣三省动
墨香五地惊

二零一五年入选云、贵、川三省五县书法联展。

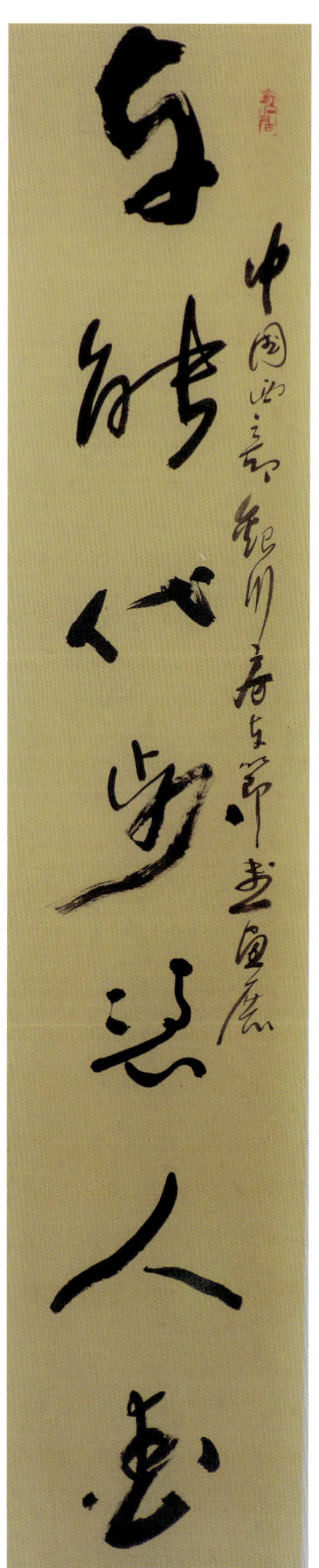

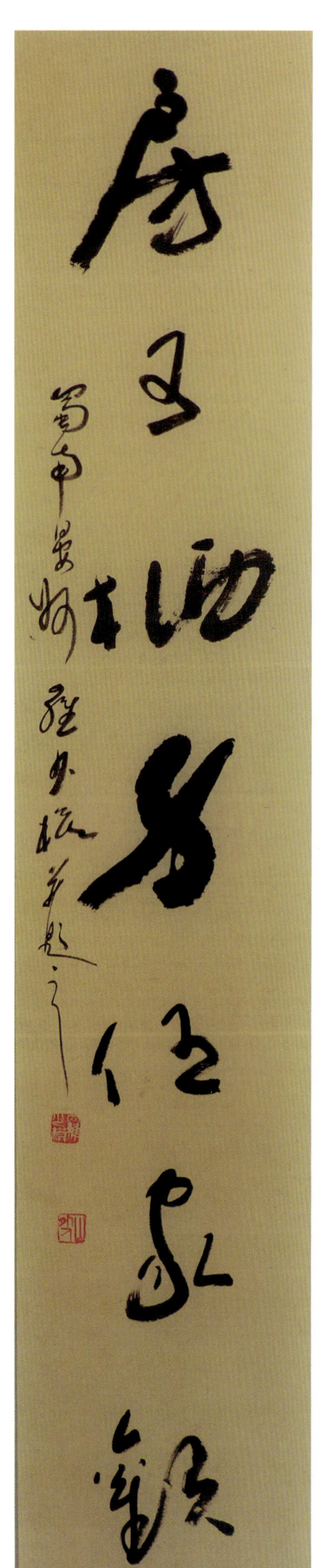

车能代步凭人爱
房可栖身任家欢
二零一一年入选中国西部（银川）房车节书画展。

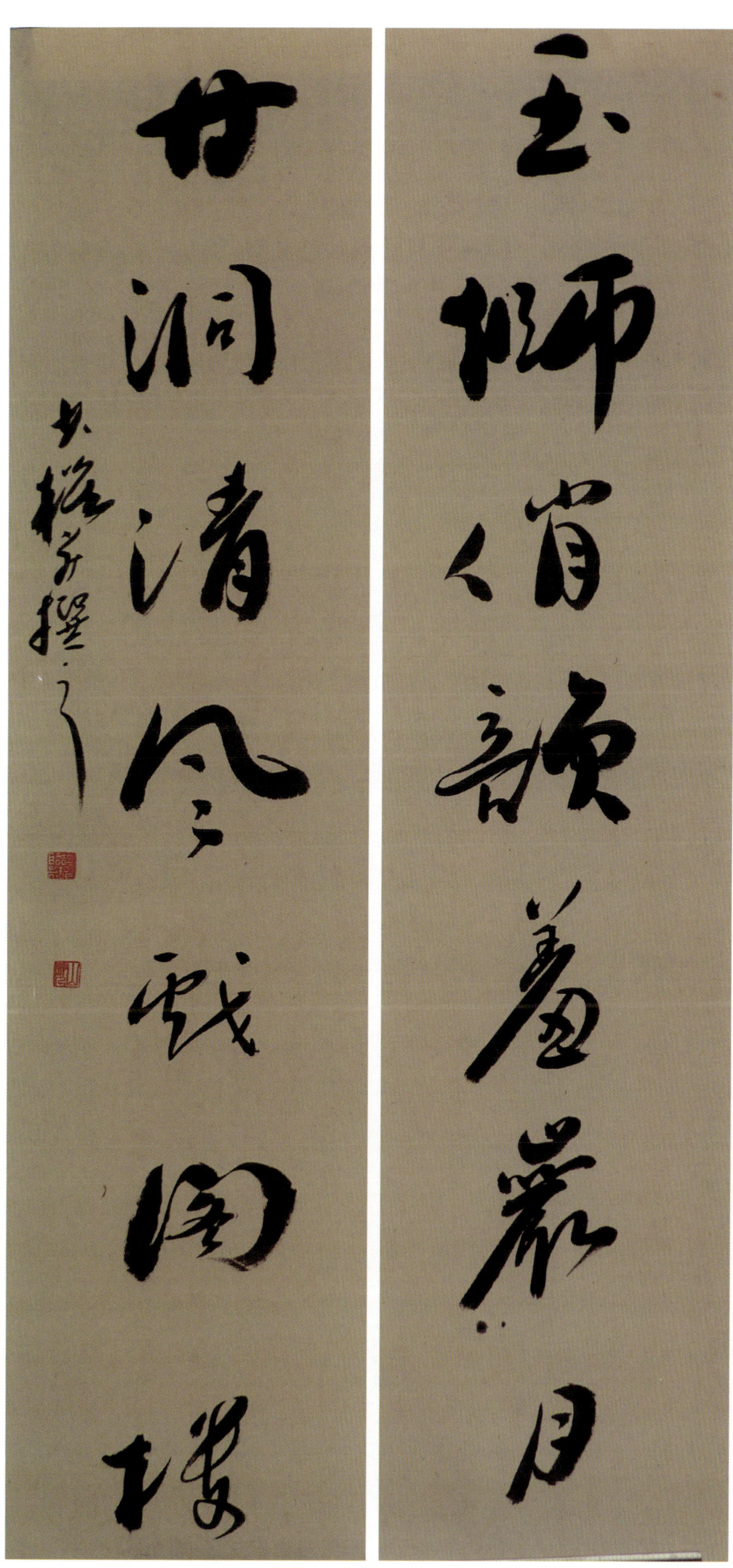

玉狮俏韵羞岩月

甘洞清风戏阁楼

二零一四年为世界地质公园兴文石海甘泉洞口『清风阁』题，刻于阁楼正门。

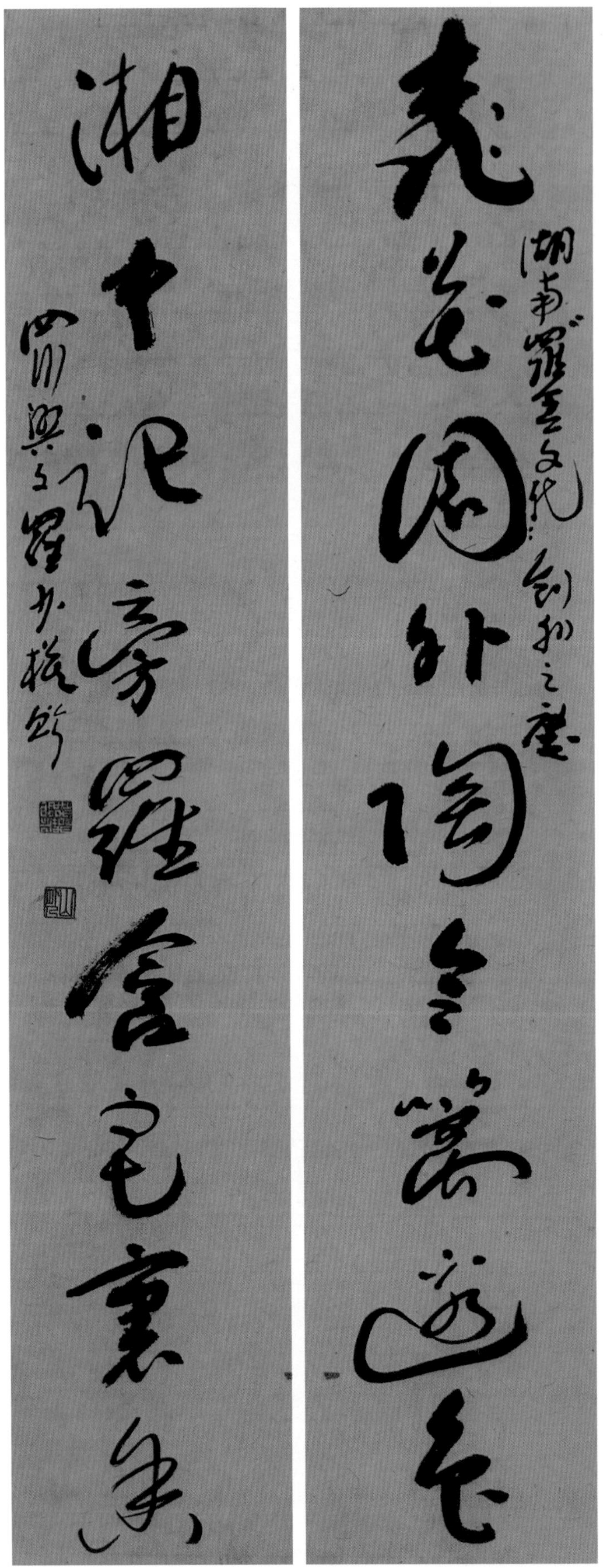

桃花园外陶令篱边色
湘中记旁罗含宅里香

二零一三年，湖南《罗含文化研究》刊载，罗含——东晋文学家，有誉『湘中玲琅』，其作品《湘中记》常与陶渊明（陶令）山水诗并论，罗含家宅四季花香，陶令家宅篱笆有特色，古人有『陶令篱边色，罗含宅里香』诗句。

豫樟美自形身正
罗氏兴于忠孝全

浏阳人罗珠汉朝为相时，组织人力修建南昌城，种植豫樟树，罗氏以罗珠为始祖，史称豫章罗氏。唐代罗氏企生、尊生兄弟一忠一孝远近闻名，从此罗氏以忠孝家风代代传承，该联现藏湖南浏阳『罗珠纪念馆』。

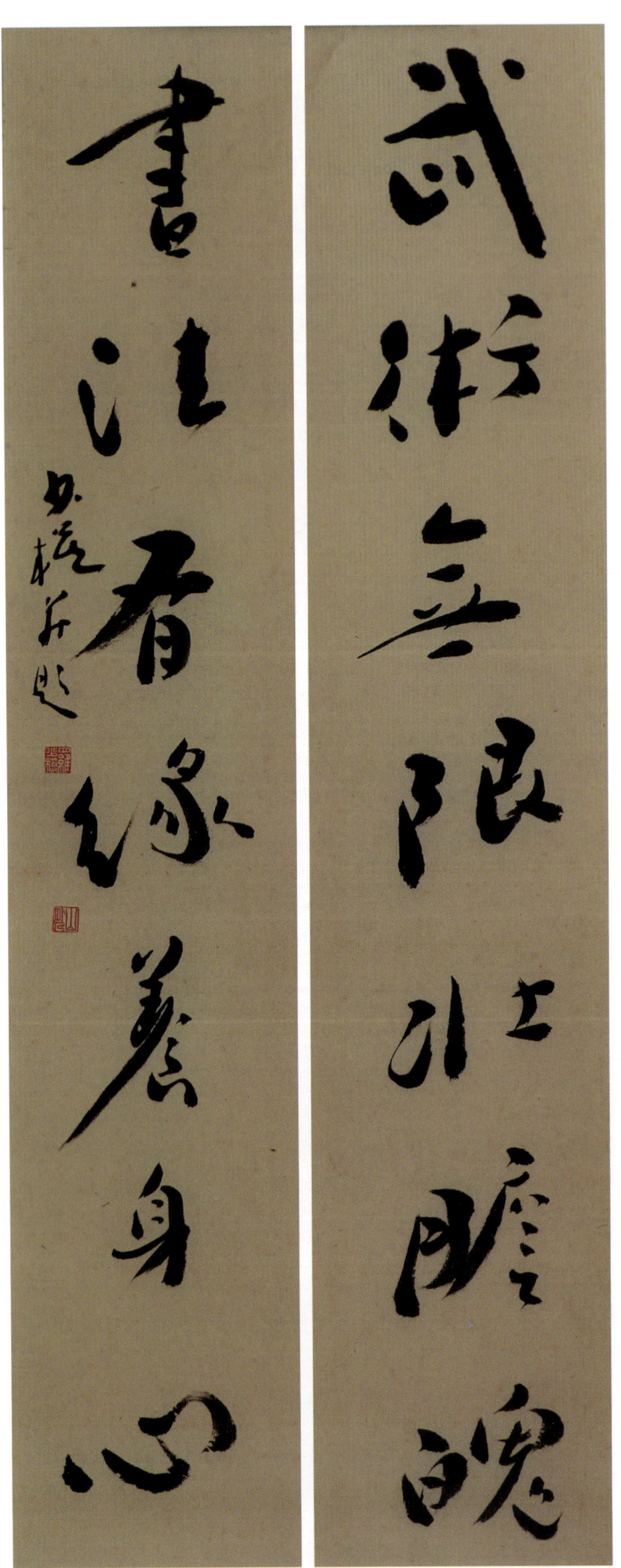

武术无限壮胆魄

书法有缘养身心

二零零七年八月，获中国四川国际峨眉武术节『锡成杯』国际书画大赛优秀奖。

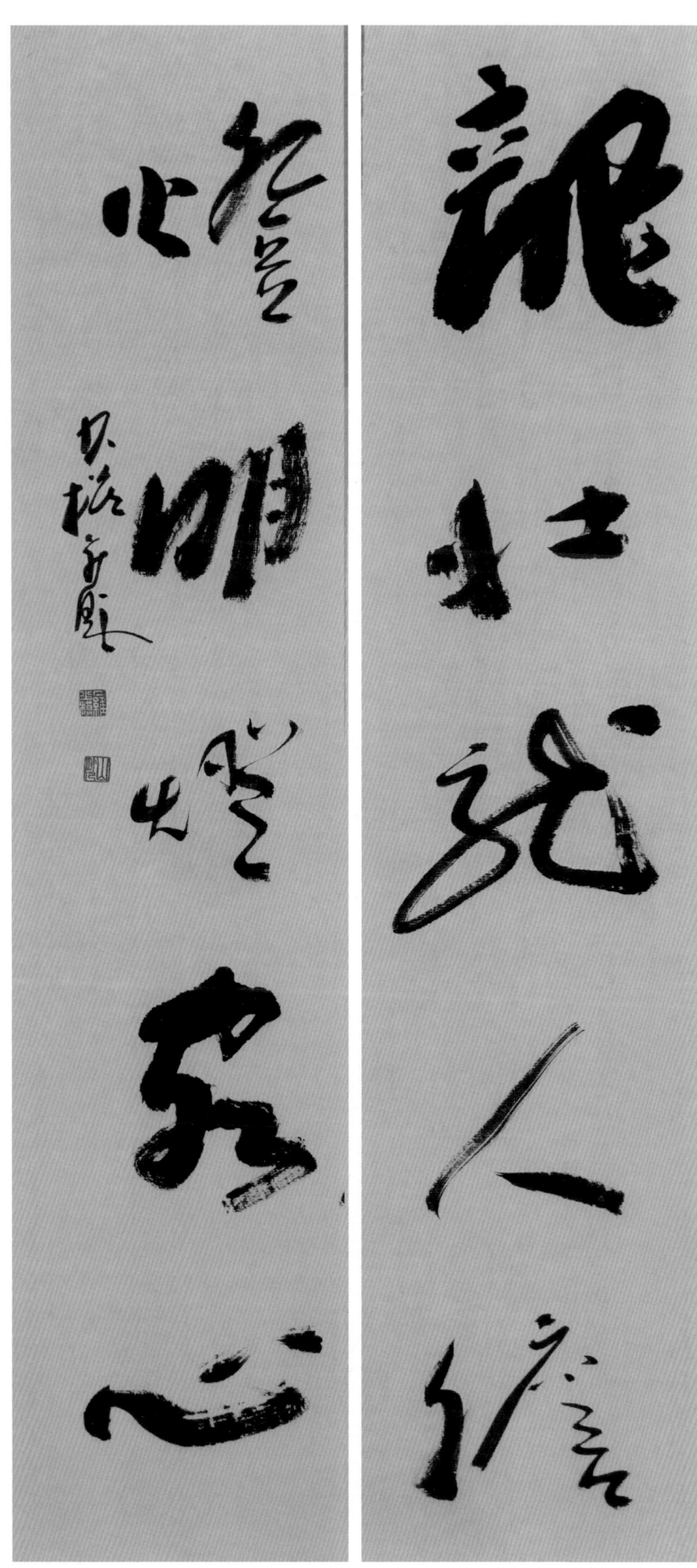

龙壮龙人胆

灯明灯客心

一九八八年为第二届自贡国际恐龙灯会题。

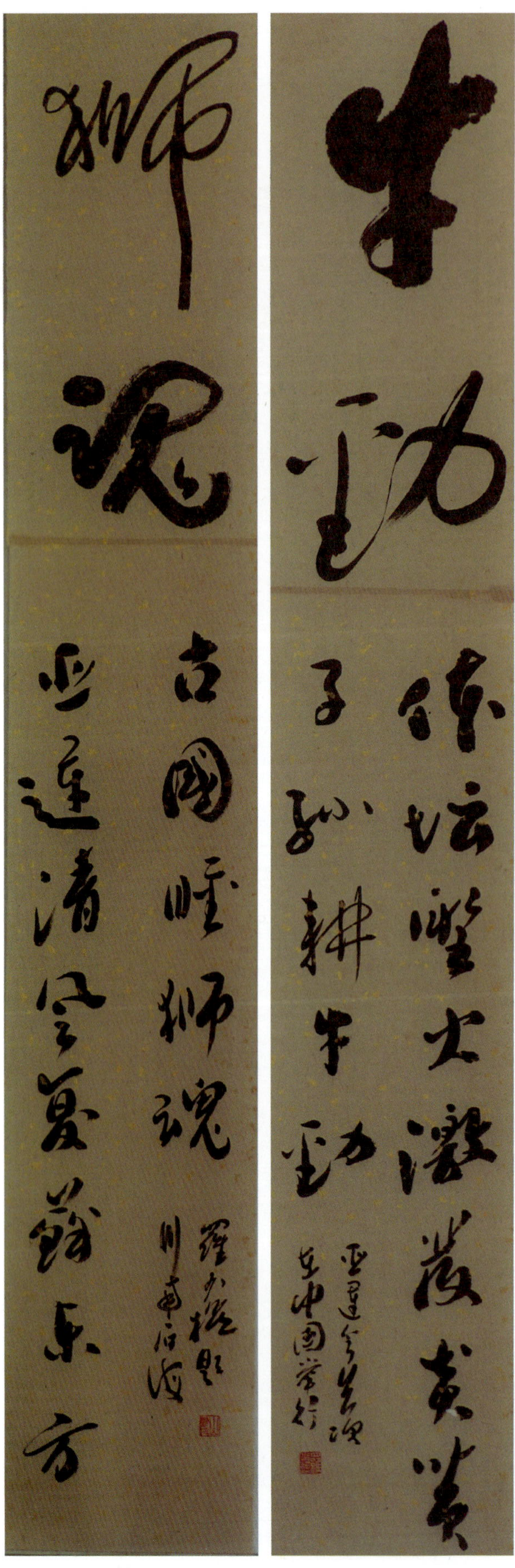

体坛圣火激发炎黄子孙耕牛劲
亚运清风复苏东方古国睡狮魂

一九九零年题贺第十一届亚运会在中国举行，当年九月八日《四川日报》刊载。

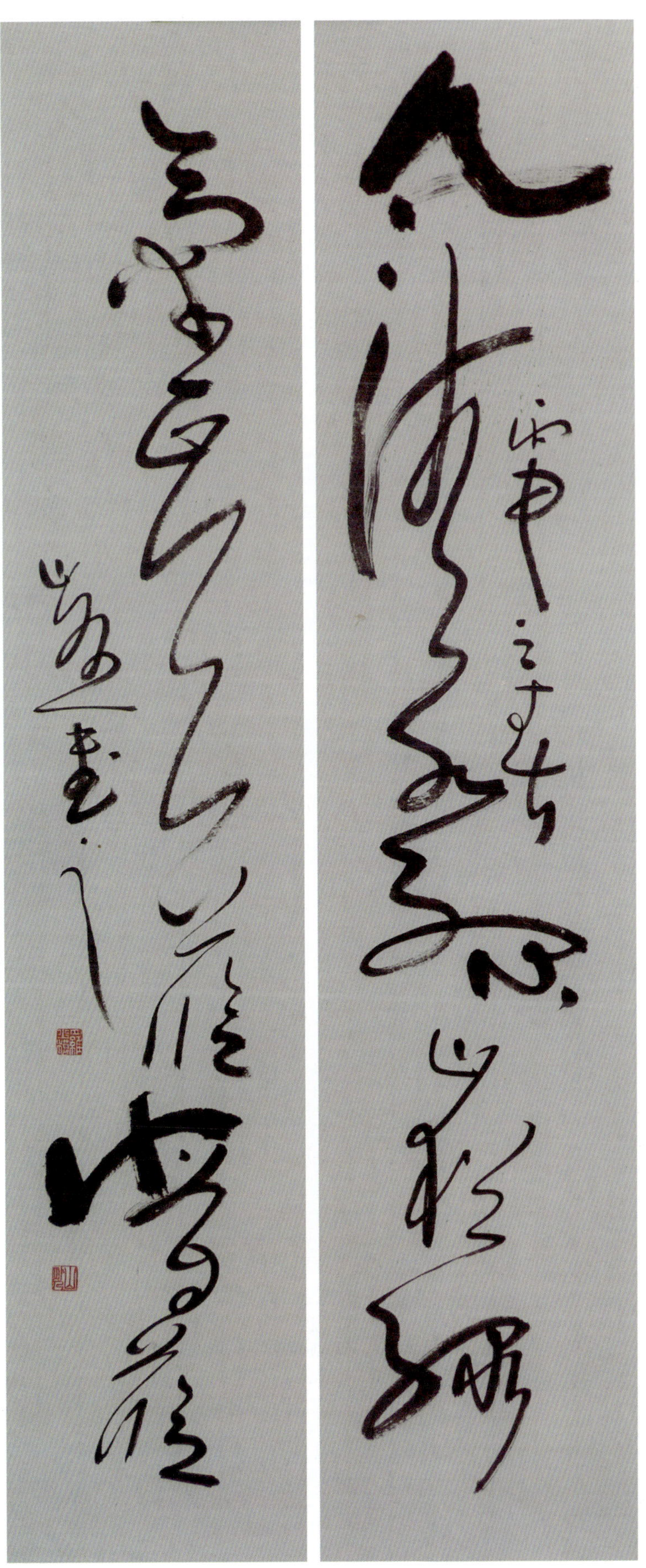

风清水绿山尤绿
气正天蓝海自蓝

二零一四年获国家发改委经济导报社主办的『关注生态，美丽中国』全国书画大赛优秀奖。

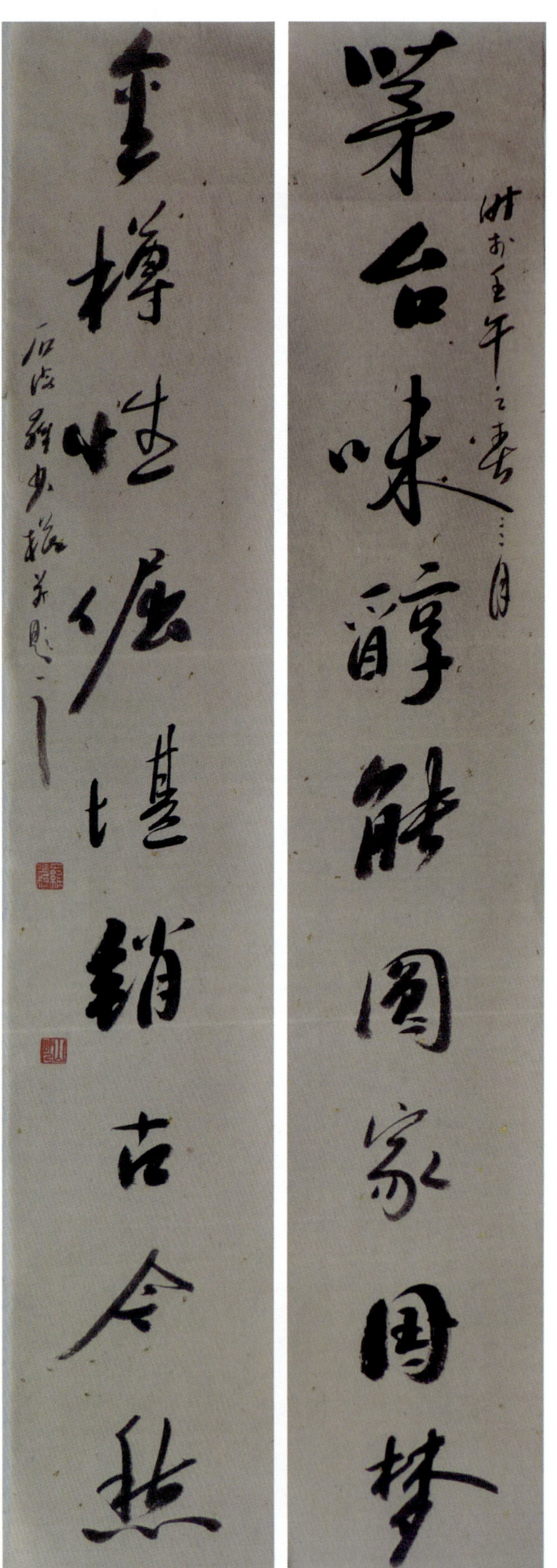

茅台味醇能圆家国梦

金樽性倔堪消古今愁

二零零二年『国酒与共和国的世纪情』征文大赛优秀奖，载《国酒天香》巨著。

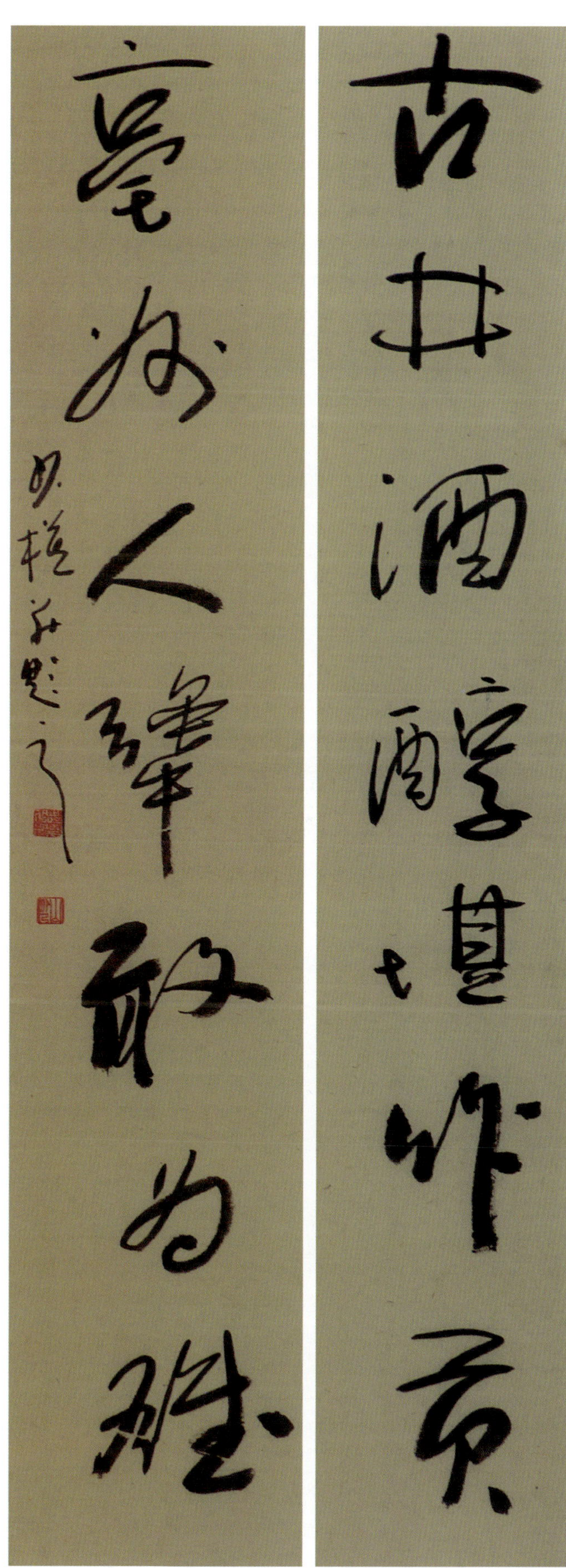

古井酒醇堪作贡
亳州人犟敢为雄

一九九九年古井贡酒全国征文大赛优秀奖。

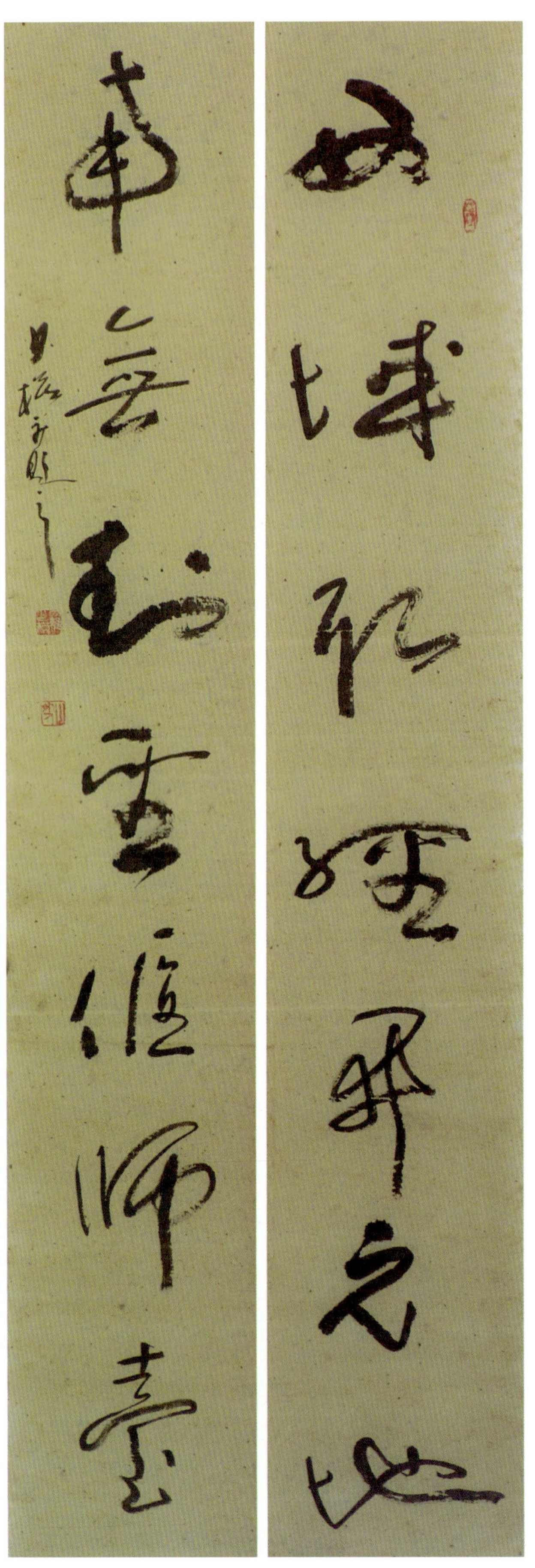

西域取经开元地
南无封圣偃师台

二零一一年『中国西游文化之乡中国书画家艺术采风邀请展』金奖。

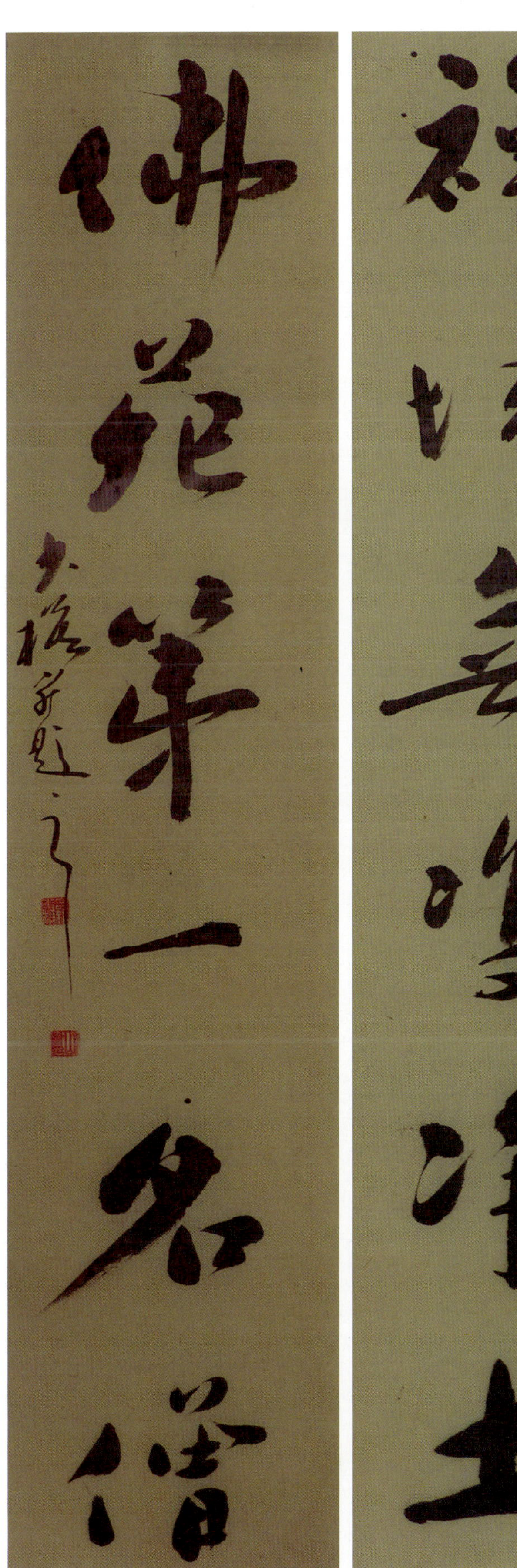

禅域无双净土

佛苑第一名僧

二零一三年『纪念玄奘法师净土寺剃度1400周年国际书法展』优秀奖。

教传千载儒释道空前融洽
像造五万恶丑美自古分明

一九九四年首届『大足石刻杯』海内外书法展三等奖，大足石刻博物馆收藏。

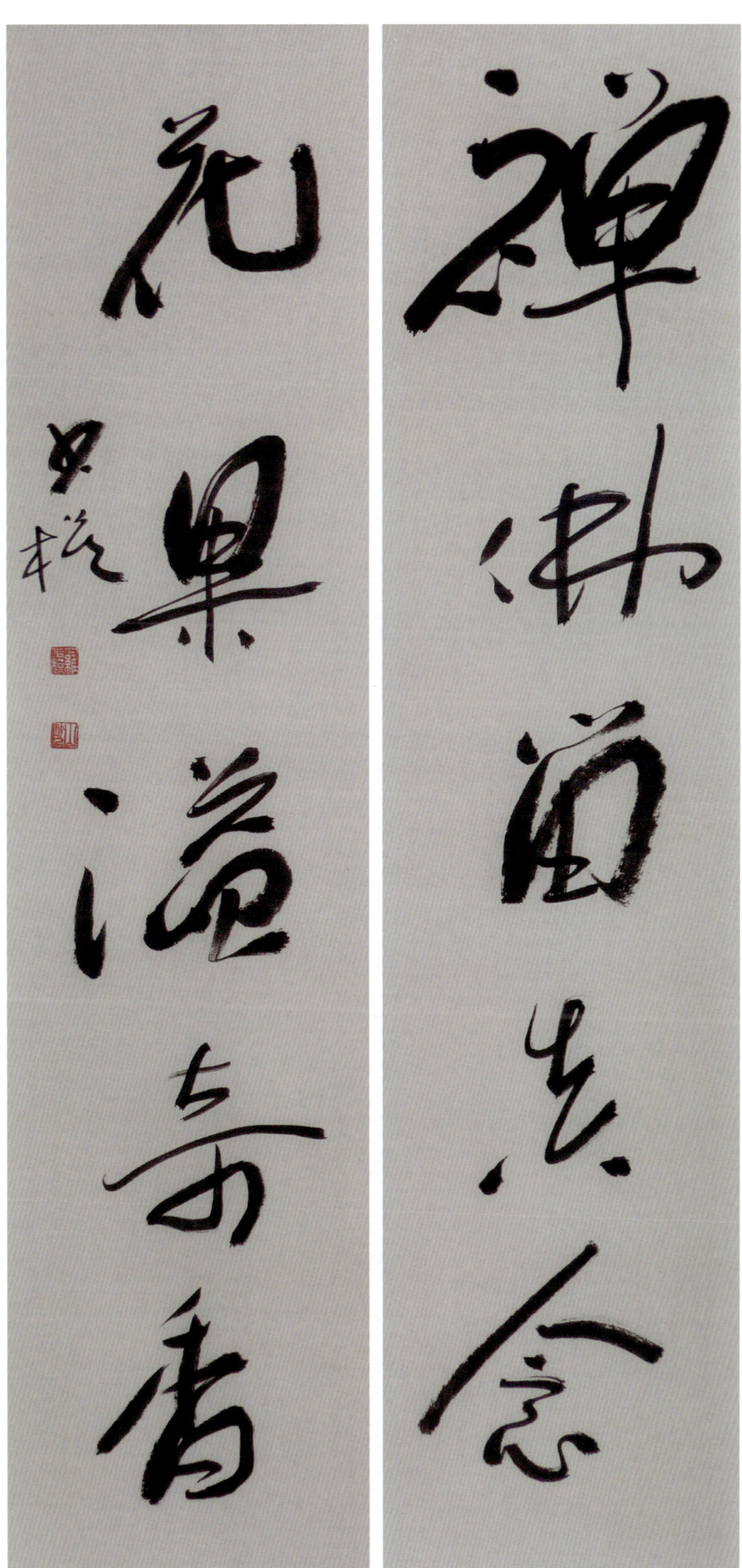

禅佛留真念

花果溢奇香

二零一一年『西游文化圣地全国书画家艺术采风活动』作品集刊载。

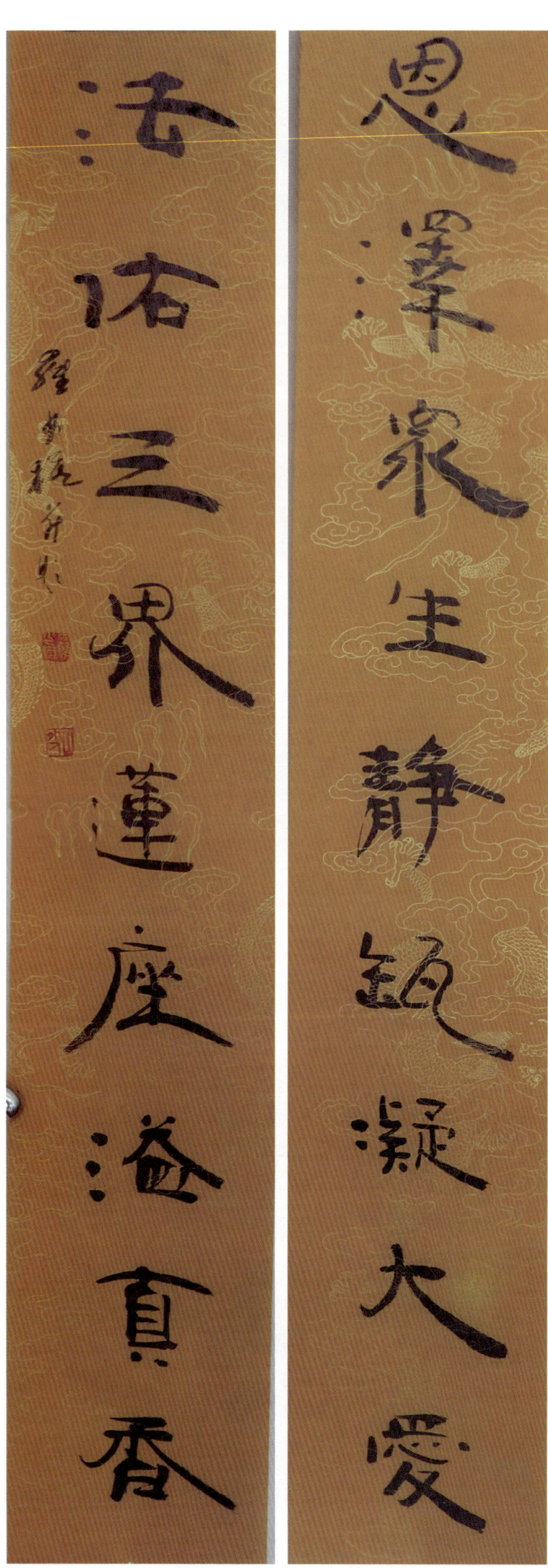

恩泽众生净瓶凝大爱

法佑三界莲座溢真香

二零一二年作，刻用于川南名胜敬灵山寺千手观音殿大门。

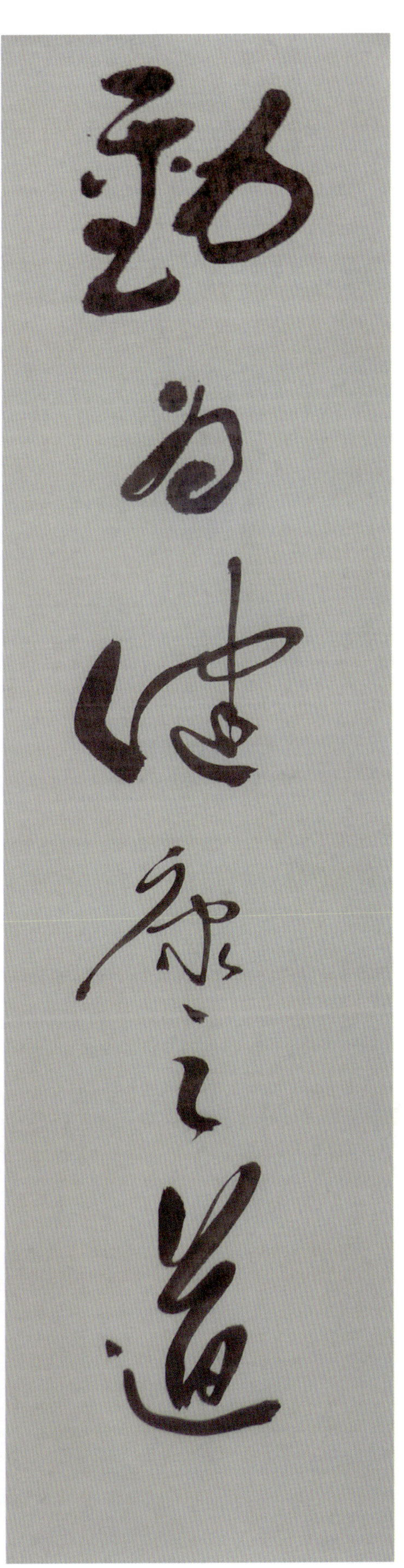

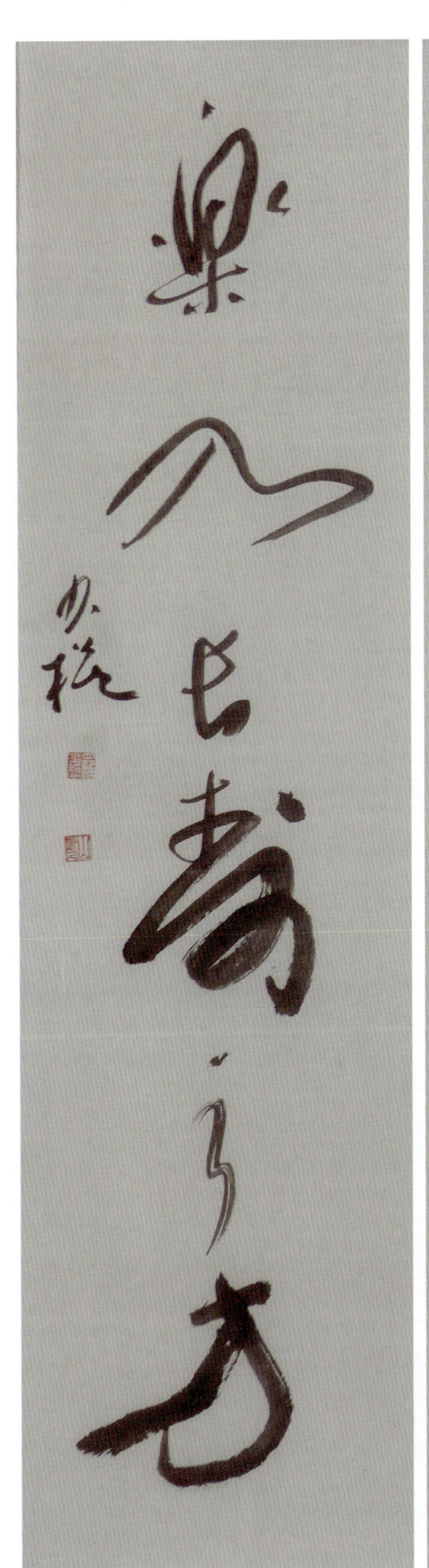

动为健康之道
乐乃长寿之方

一九九一年七月六日『人民日报』海外版载。

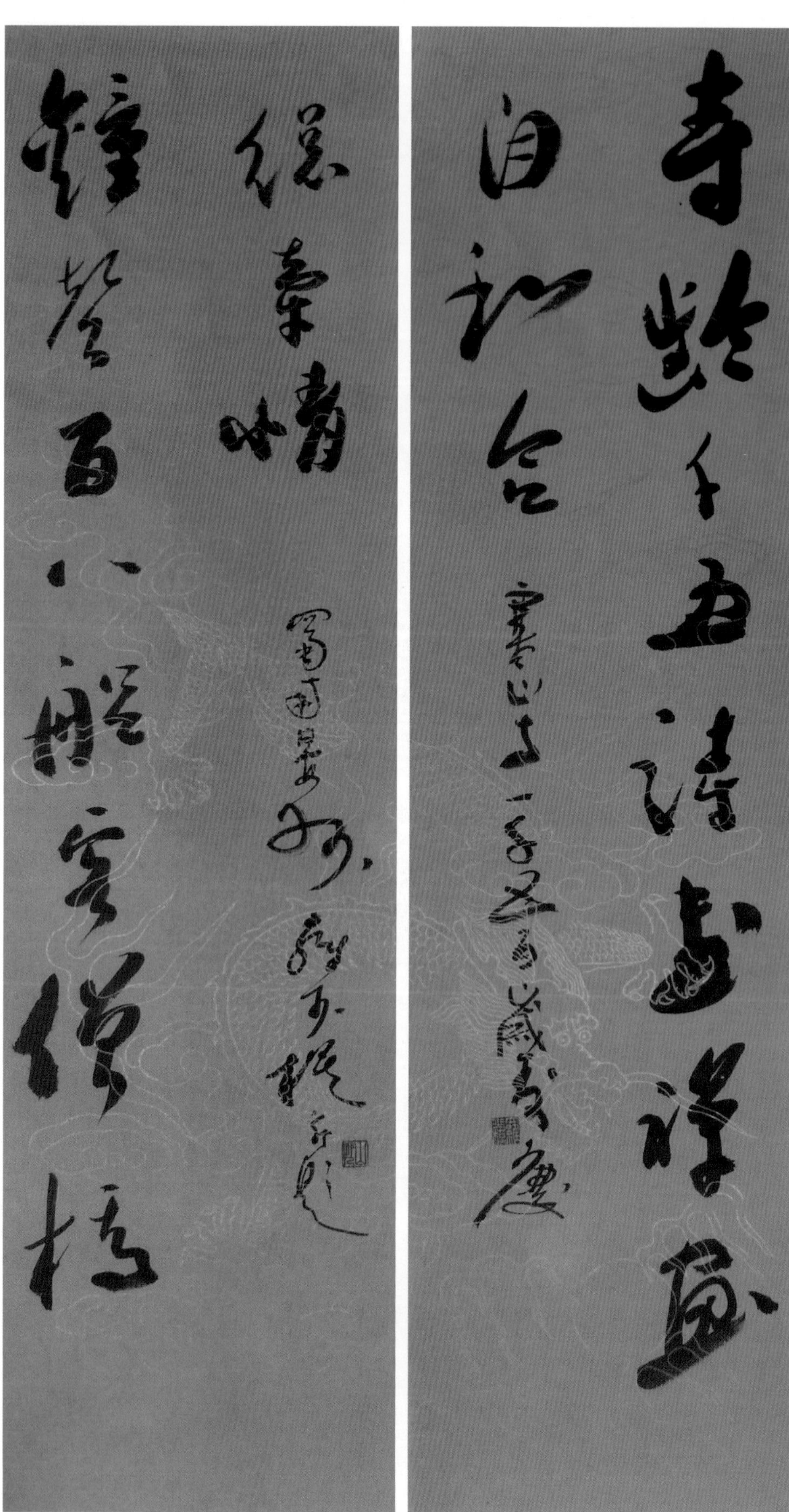

寺龄千五诗书禅画自和合
钟声百八船客僧桥总牵情

二零一二年九月苏州寒山寺建寺一五一零年题贺。和合——寒山寺和合文化。

仙景朝阳人山会

鲵水嬉月鱼儿生

二零零八年为川南古镇大坝题，朝阳仙境——张三丰曾经修行处。鲵水——大坝为中华大鲵之乡，本地两条河均产鲵鱼。上下联第一字拆合使用。

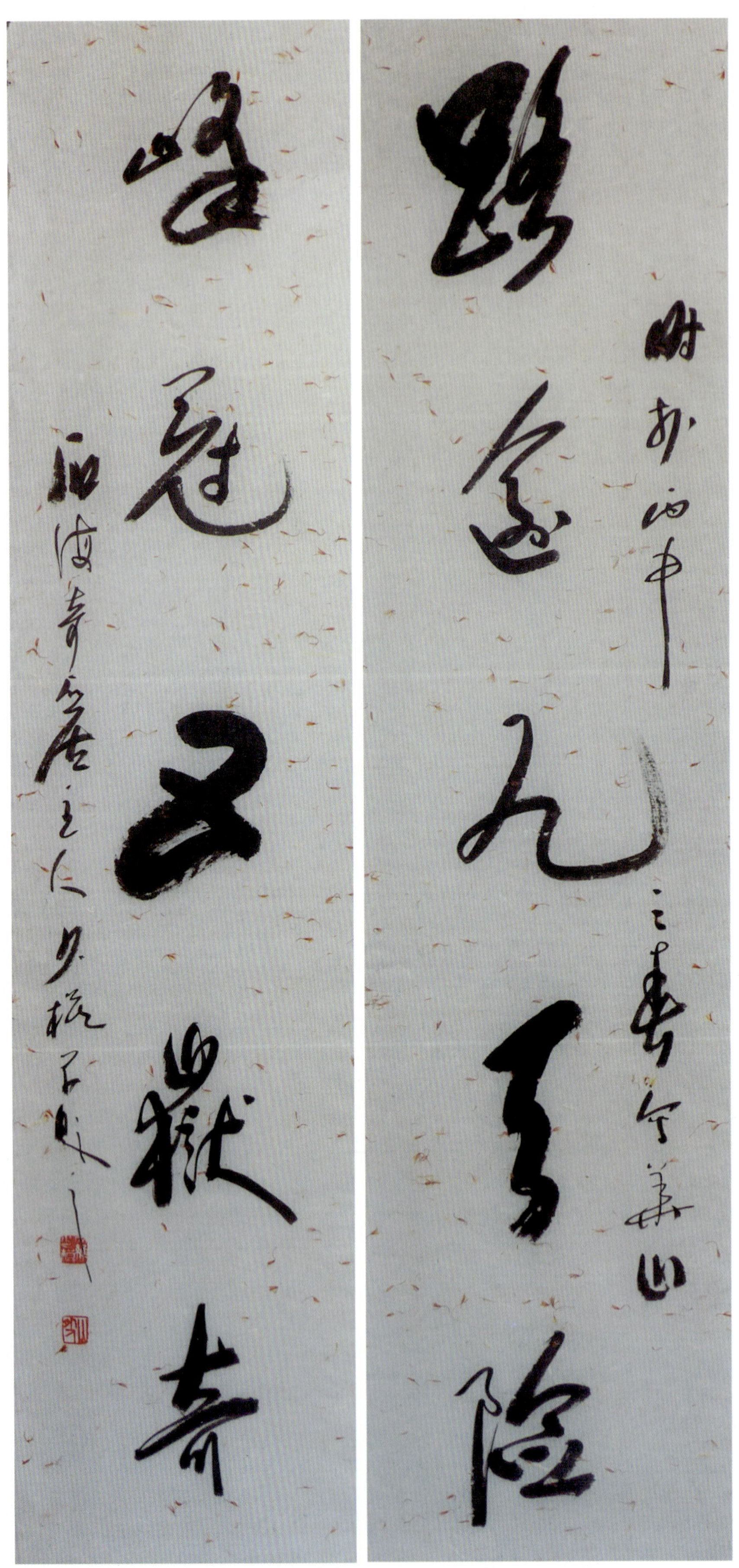

路逾九天险
峰冠五岳奇

二零一六年八月入选『华山杯』国际书画作品展。

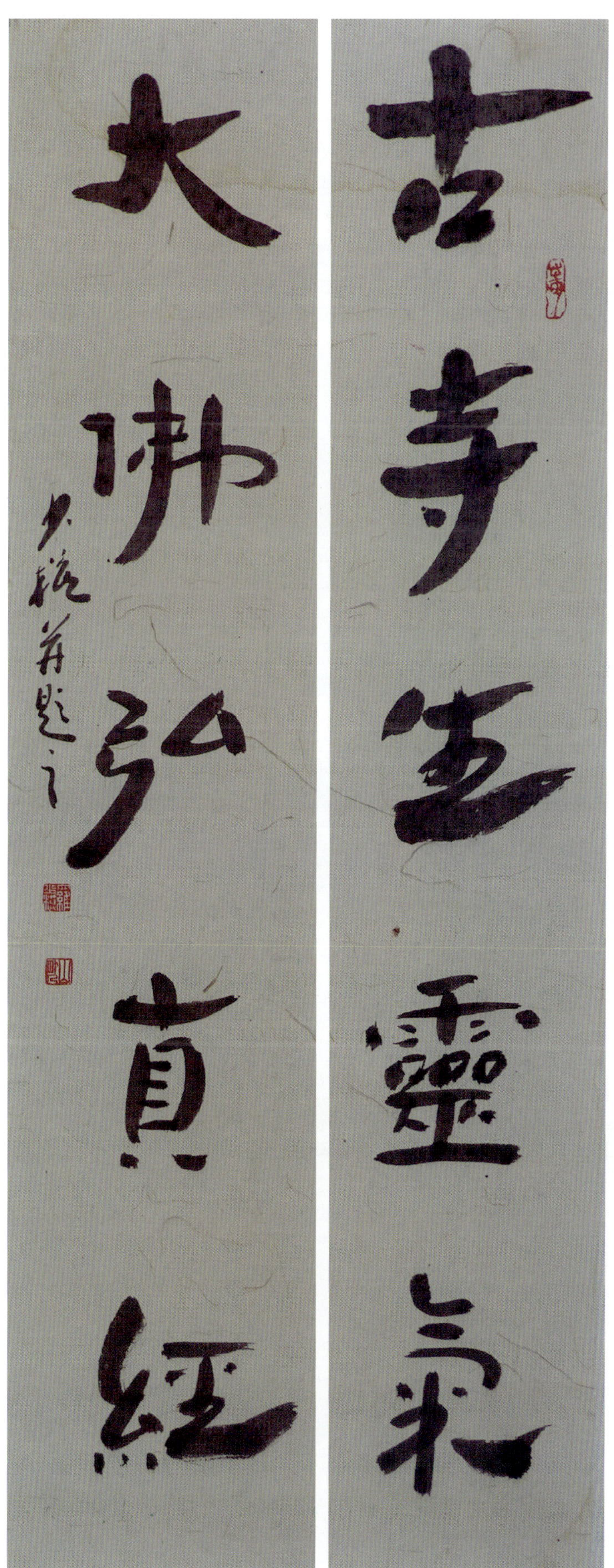

古寺生灵气

大佛弘真经

二零零八年九月入展入集『纪念中国开封大相国寺建寺一四五三年全国书画作品展』。

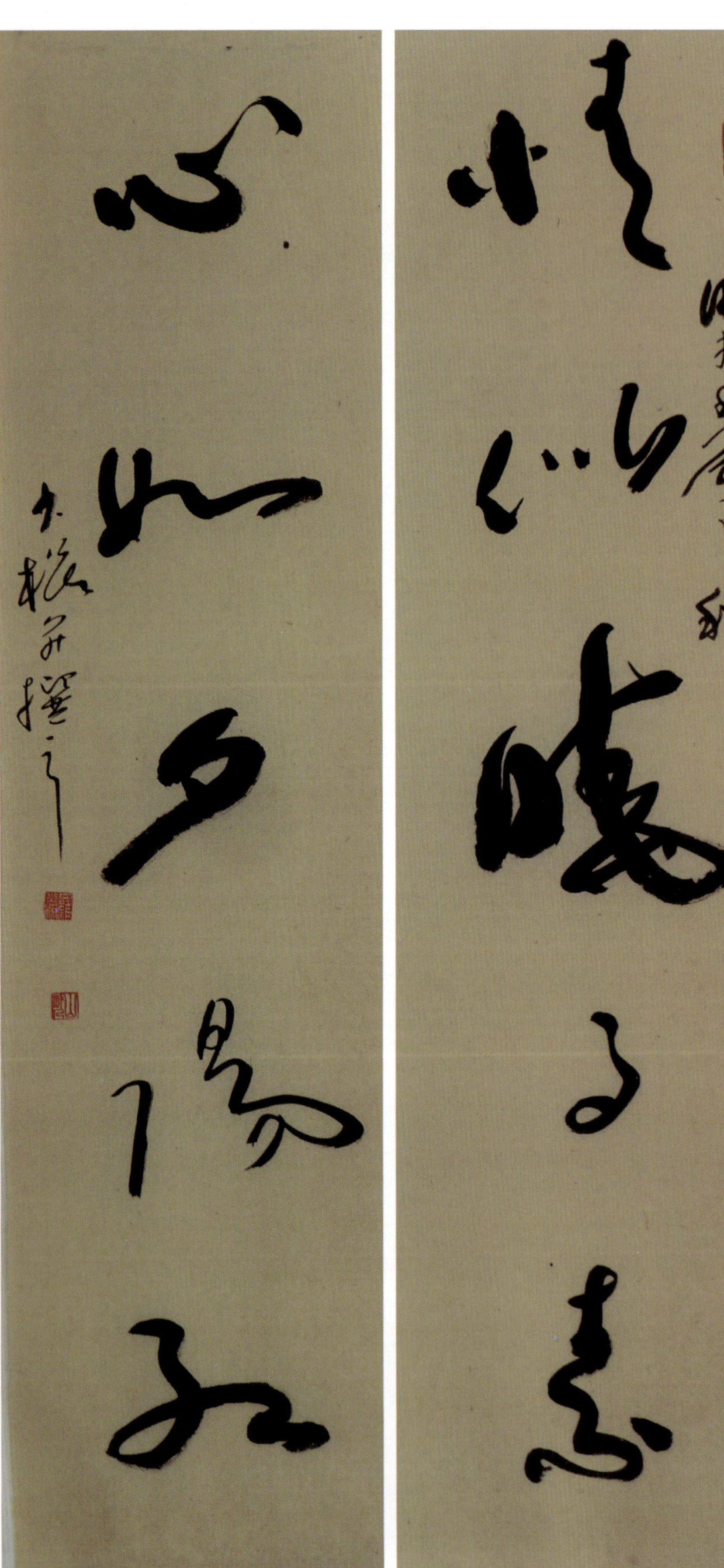

情似晓月素
心如夕阳红

二零一二年七月获由中国楹联学会和书法百家联合主办的『全国书法篆刻大赛』提名奖。